梦·红色经典电影阅读

攻上海

张照富 改编

中华工商联合出版社

图书在版编目（CIP）数据

战上海 / 张照富，严铠改编．—北京：中华工商
联合出版社，2013.6
ISBN 978-7-5158-0591-7

Ⅰ.①战… Ⅱ.①张…②严… Ⅲ.①中篇小说—中
国—当代 Ⅳ.①I247.5

中国版本图书馆 CIP 数据核字（2013）第 157932 号

战上海

改　　编：	张照富　严　铠
策　　划：	徐　潜
责任编辑：	魏鸿鸣　付德华
封面设计：	赵献龙
责任审读：	郭敬梅
责任印制：	迈致红
出版发行：	中华工商联合出版社有限责任公司
印　　刷：	天津海德伟业印务有限公司
版　　次：	2014 年 3 月第 1 版
印　　次：	2018 年 4 月第 2 次印刷
开　　本：	710mm×1000mm　1/16
字　　数：	157 千字
印　　张：	15
书　　号：	ISBN 978-7-5158-0591-7
定　　价：	29.80 元

服务热线：010—58301130
销售热线：010—58302813
地址邮编：北京市西城区西环广场 A 座
　　　　　19—20 层，100044
http：//www.chgslcbs.cn
E-mail：cicap1202@sina.com（营销中心）
E-mail：gslzbs@sina.com（总编室）

工商联版图书

编委会

演职员表

导　　演：王　冰
编　　剧：群　力
摄　　影：陈　俊
军事顾问：车吉林（中校）
作　　曲：李伟才
特技设计：许勋超
制片主任：张志英
特技摄影：王公馥
录　　音：侯申康
剧务主任：闫日荣
副 导 演：李　昂
指　　挥：李德伦
剪　　辑：许陆初
演　　奏：中央乐团交响乐队

方军长 …………………………………………… 丁　尼
张政委 …………………………………………… 高　岩
肖师长 …………………………………………… 李舒田
炮团长 …………………………………………… 张冲云
三连长 …………………………………………… 李长华
赵永生 …………………………………………… 王润身

剧情说明

  影片《战上海》是根据上海解放的史实改编，通过敌我双方在上海所进行的几次重要较量，重现了人民解放军在上海党组织和工人群众的协助下，攻占上海的辉煌战史。影片战争场景气势恢弘、规模庞大，是同类战争片中的代表作品。该片不仅塑造了我军将士英勇善战、不怕牺牲的感人形象，还揭示了当时国民党军队内部复杂的矛盾和分崩离析的局面，在尊重历史的前提下，将之全面深刻的呈现给观众。

  淮海战役的失利，军事上使蒋介石在南线的精锐主力损失殆尽，尤其是嫡系部队中的骨干，黄维的第 12 兵团和邱清泉的第 2 兵团全军覆没，其中还包括被称为"五大主力"的第 5 军和第 18 军。从而也就失去了蒋介石赖以支持战争的中坚力量。淮河以北完全被解放，淮南大部也为解放军所控制，江北只剩一个重要城市安庆在国军控制下，解放军已直逼长江，下一步攻击矛头直指蒋介石统治的核心地区——江浙沪地区。

  1949 年 4 月 20 日晚和 21 日，人民解放军第二、三野战军遵照中央军委的命令和总前委的《京沪杭战役实施纲要》，先后发起渡江战役。人民解放军全线渡江后，蒋介石为了避免其江防部队被分割围歼，令所有部队火速向浙赣路、杭州、上海方向撤退，企图控制皖浙赣山区，构成新防线继续顽抗。

1949年5月中上旬，人民解放军第三野战军主力行进至上海外围，准备对国民党军重兵据守的上海市进行城市攻坚战。此刻，盘踞在上海的国民党30万军队成了瓮中之鳖。

但这些国民党军队是不甘心灭亡，蒋介石命令京沪杭警备司令汤恩伯固守顽抗，准备与共产党解放军对抗到底。

我军某部挺进到上海外围以后，根据上级的指示命令，制订了既要解放上海，又要保全城市的周密作战计划。我军利用蒋介石军队分崩离析的派系矛盾，采取先将蒋介石嫡系部队引诱出城，将其一股歼灭在城市外围的作战方针。骄横自大的国民党邵庄所部军队果然中了计，我军迅速围而歼之，将其消灭在上海市郊外围。

接着，我军在上海地下党的配合下，由上海工人领路，攻进市区，解放了上海市苏州河以南的广大地区。国民党军撤守苏州河北岸，凭借有利的地形，用火力封锁了我军的前进通道，控制了苏州河上的交通要道。我军勇猛作战，对敌人展开了连续的冲击，终于粉碎了敌人的顽抗，撕开了他们坚固的防线，胜利攻下苏州河北岸。

残存的国民党杂牌军刘义部只得龟缩在市中心，无可奈何地等待最终的结局。我军一面对敌保持强大的军事压力，一面展开政治攻势，刘义在万般无奈的情况下终于同意率部投降。至此，上海得到解放，回到了人民的怀抱。

序

　　曾经，拾起过草地上被吹落的发黄的银杏叶，夹在了日记里，再打开时，记住了那个秋天里青春的憧憬；

　　曾经，哼起过电台里被播放的欢快的流行曲，抄在了笔记上，再打开时，记住了那段岁月里相伴的愉悦；

　　曾经，流连过影院里被放映的精彩的故事片，存在了脑海中，再打开时，记住了那些回味里温暖的片段；

　　我们的曾经，是记忆的积累，留不住岁月，却留住了记忆。翻开日记时，银杏的纹络依然清晰，打开笔记时，歌词的墨迹仍然青涩。那些往事都留住了，只是在某个时刻，突然想起了那部电影，多少却有些浅忘，因为我们的笔记本里承载不了那么多的信息，只能记在脑海里，在岁月的洗涤中淡却了一些章节。

　　我们一直致力于电影连环画在读者中的普及，十年间制作了数百本电影连环画，发行量近百万册，在读者中建立了良好的口碑并取得了积极的社会效应。今天，我们将那些存在我们记忆深处的经典电影以图文版的形式制作成册，让我们重新回味那脍炙人口的故事，再度拾起从前那观看电影的快乐时光。

　　抬一把凳子，再也找不到露天电影；下一段视频，却没有充裕的时间观看；那么，就躺在床上，翻开这一本本图文本，将故事延续到梦里——记得那时年少，记得那时年轻，记得那时……

　　枕边，这一册册的电影图文本，还有一摞摞的日记和笔记本，都是我们记忆中的音符，目光触及时，在心里流淌成歌，相伴过的曾经，把美好的记忆延续到永远。

赵刚

2014 年 3 月 6 日

目　录

第一章

解放军挺进上海

1948年11月6日至1949年1月10日，中国人民解放军华东、中原野战军在以徐州为中心，东起海州，西迄商丘，北起临城（今枣庄市薛城），南达淮河的广大地区，对国民党军进行的第二个战略性进攻战役——淮海战役。淮海战役是解放战争战略决战的三大战役中规模最大的战役，历时六十六天，解放军以六十万对抗国民党军八十万，结果解放军取得胜利，歼敌约五十五万人。

☆1949年春，中国人民解放军第三野战军，在取得淮海和渡江战役胜利之后，于5月12日包围了近百年来帝国主义侵略中国的基地，卖国贼蒋介石王朝的经济和政治的中心——上海。

淮海战役的失利，军事上使蒋介石在南线的精锐主力损失殆尽，尤其是嫡系部队中的骨干，黄维的第12兵团和邱清泉的第2兵团全军覆没，其中还包括被称为"五大主力"的第5军和第18军。（五大主力其他三支部队分别是1947年5月在孟良崮被歼的整编第74师、1948年10月在辽沈战役中被歼的新1军和新6军）从而也就失去了蒋介石赖以支持战争的中坚力量。淮河以北完全被解放，淮南大部也为解放军所控制，江北只剩一个重要城市安庆在国军控制下，解放军已直逼长江，下一步攻击矛头直指蒋介石统治的核心地区——江浙沪地区。

　　淮海战役以后，黄河以北绝大部分已是解放区，黄河以南到长江以北，基本是解放区，国民党只得凭借长江天险占据江南半壁，但随着精锐主力的丧失，也已缺乏足够的兵力来组织起有效的防御。

　　1949年4月20日晚和21日，人民解放军第二、三野战军遵照中央军委的命令和总前委的《京沪杭战役实施纲要》，先后发起渡江战役。人民解放军全线渡江后，蒋介石为了避免其江防部队被分割围歼，令所有部队火速向浙赣路、杭州、上海方向撤退，企图控制皖浙赣山区，构成新防线继续顽抗。

　　蒋介石下达了死命令，要在上海打一场旷日持久的"保卫战"，以逞其拖美国下水的计谋。宋美龄、孔祥熙等在美院外援华集团中间积极活动，召集国民党在美政要举行"每周战略会议"，争取美政府对国民党政权的援助支持。白宫、唐宁街、爱丽舍宫的决策者密切注视着上海事态的发展。上海的中外商业界"领袖人士"也在香港活动，向联合国请求使上海成为中立城市。

　　4月26日，载着蒋介石的军舰"太康号"，停泊于上海东南角的复兴岛。蒋介石连续三次召开紧急作战会议。蒋介石在会议上说："共产党问题是国际问题，不是我们一国所能解决的，要解决必须依靠整个国际力量。但目前盟国美国要求我们给他一个准备时间，这个时间也不会太长，只希望我们在远东战场打一年。因此，我要求你们在上海打六个月，就算你们完成了任务，那时我们二线兵团建成了，就可以把你们换下去休息。"

此时的上海，已构成了外围阵地、主阵地、核心阵地等三道阵地。钢筋水泥筑成主碉堡 3800 个，碉堡间战壕相连，壕内可以行吉普车；永久半永久性的掩体碉堡一万多座；电网、鹿砦数不胜数；还有两万多颗地雷。

1949 年 5 月中上旬，人民解放军第三野战军主力行进至上海外围，准备对国民党军重兵据守的上海市进行城市攻坚战。

上海位于东海之滨，濒临长江出海处，人口 600 万，是当时中国的最大城市和经济中心，又是帝国主义侵华的主要基地，战略地位极为重要。郊区地形平坦，村庄稠密，河流沟渠纵横。守军以水泥地堡为核心，构筑大量集团工事，形成了面的防御体系，不便于大兵团机动和近迫作业。市内高大建筑物多而坚固，主要市区傍黄浦江西岸，市北吴淞位于黄浦江与长江的交汇点，是上海市区出海的交通咽喉。

中国人民解放军从三面包围了上海，让驻守上海的国民党军队

☆解放军从三面包围了上海，让驻守上海的国民党军队惊恐万分，国民党上海卫戌区司令汤云浦在司令部召开紧急会议。

惊恐万分。国民党京沪杭警备总司令汤云浦在司令部召开紧急会议。会议的地点在京沪杭警备总司令部和淞沪警备司令部的办公大楼里，现在已经陆续有参会人员到场，司令部的门口站着荷枪实弹的卫兵，一辆辆参会的车辆鱼贯而入。

司令部的大门正对着大街，大街上到处是来来往往的国民党士兵。在这些士兵当中，有很多是从长江防线和南京附近上撤退下来的，军心不振，士气也并不高。有一些受伤的士兵还在不停地低声咒骂着这可恶的内战。

在汤云浦的大办公室内，来开会的国民党将领已经陆续到来，对当前的形势大家议论纷纷。来这里开会的都是国民党京沪杭警备司令部属下的高级军官，担任着防守上海的任务。但是，目前的战争形势对他们非常不利，他们的心里对能否守住上海心里也没有底。

☆汤云浦的大办公室内，来开会的国民党将领已陆续到来，对当前的形势大家议论纷纷。国民党中将刘义军长的副官问中将韩军长："韩军长，你看在目前局势下，美国能直接出兵吗？"韩军长叹了口气说："难说呀！不过上海有1800多家外商企业，看来美国为了他本身的利益，大概不会袖手旁观吧？"

　　有一个空军军官开始发言："目前的军事的变化之快，真是让人难以想象。长江天险一夜之间就被共军突破了。现在，南京、杭州也被共军占领了。共军已经三面包围了上海，我们的日子难啊。"

　　他发言完毕以后，又有一个军官接着说："这对你们空军来说还算不了什么。真正遭殃的还是我们。"

　　又一个军官说："你看这上海能守六个月吗？"

　　另一个军官意味深长地说："那要看怎么样的守法。"

　　这时一位穿着白色的军服的将领说："我看还是退守台湾，养精蓄锐，以退防攻。"

　　另一个军官说："老兄，只要你离开大陆，再想回来可就不是那么容易的啦。"

　　国民党中将刘义军长的副官问中将韩军长："韩军长，你看在目前局势下，美国能直接出兵吗？"

　　韩军长叹了口气说："难说呀！不过上海有1800多家外商企业，看来美国为了他本身的利益，大概不会袖手旁观吧？"

　　这时大门口处进来一位将领，听到了韩军长说的话，就说道："要想取得别人的帮助，必须先自己争气。"走进来的是国民党少壮派的邵庄军长。

　　刘义军长转过身来跟邵庄打招呼："哦，邵军长。"

　　邵庄其实从心里看不起这个杂牌军的军长刘义，不过他还是走到刘义军长面前，表面客气地伸出手来，笑着说："刘老将军。"

　　邵庄军长又走近韩军长，伸手打着招呼："韩军长。"

　　韩军长见是蒋介石和汤云浦面前的"红人"邵庄，立刻热情地招呼道："邵军长。"

　　邵军长又走到赵司令的跟前，客气地握手道："赵司令。"

　　赵司令说："你好。"

　　邵庄军长和韩军长、赵司令等一帮人打完招呼以后，转身对着他们说："去年兄弟由西点军校毕业回国的时候，美国朋友无不表示

全力相助。今日上海之战乃是党国反共斗争唯一的转机，小弟决心
以身报国，不成功则成仁。"

☆这时国民党少将邵庄军长走了进来，与刘义和韩军长等人握手寒暄后
说："去年兄弟由西点军校毕业回国的时候，美国朋友无不表示全力相
助，今日上海之战乃是党国反共斗争唯一的转机，小弟决心以身报国，
不成功则成仁。"

    刘义和韩军长心里知道，西点军校毕业是邵庄赖以骄傲的资本，
美国人更是邵庄心里的一个依靠。西点军校是美国历史最悠久的军
事学院之一。它曾与英国桑赫斯特皇家军事学院、俄罗斯伏龙芝军
事学院以及法国圣西尔军事专科学校并称世界"四大军校"。

    不过，对于美国人到底能不能相助，邵庄这个西点军校的高材
生能不能力挽狂澜，刘义和韩军长他们心里并不托底。刘义知道自
己这个杂牌军熬上来的军长是没法和邵庄这个嫡系的美国名校高材
生相比的，虽然此刻他心里不痛快，还是脸上陪着笑、嘴上夸奖着
说："邵军长年少英勇，真不愧是后起之秀啊。"

　　邵庄虽然对刘义他们从心里有一些瞧不起，但是听了夸奖的话心里还是不免有一些得意。他看了一眼刘义和韩军长，也笑着说："多蒙过奖，在这次保卫大上海的战役中，还望刘老将军和韩军长多多指教。"

☆刘义军长听了邵庄的话说："邵军长年少英勇，真不愧是后起之秀。"邵
　庄又说："多蒙过奖，在这次保卫大上海的战役中，还望刘老将军和韩
　军长多多指教。"刘义又说："不敢当，在西南防线上全仗老弟扶持。"

　　韩军长见邵庄这么说，也笑着说："哪里哪里，不敢当，不敢当啊。咱们都是为党国效忠嘛……"

　　刘义对邵庄说："不敢当，在西南防线上全仗老弟扶持。"

　　正在这时，随着一声"汤云浦到！"的喊声，京沪杭警备总司令汤云浦走了进来。屋里所有的将领和其他人员都肃然站立，迎接汤云浦的到来。汤云浦一边走，一边环视众人。在众人的注目礼下，他径直来到会议桌前面。

　　汤云浦走到会议桌前，冲众人摆摆手，示意他们坐下。等众人

☆随着："汤司令到！"的喊声，国民党上海卫戍司令汤云浦走进来。

☆汤云浦走到会议桌前，摆手让大家坐下，他说："诸位，上海会战
　　开始了，上海的存亡不仅关系到党国的命运，也关系到自由世界反
　　共斗争的成败。"

都坐下了，汤云浦的副官上前给他打开了文件，汤云浦对在座的各位将领说："诸位，上海会战开始了，上海的存亡不仅关系到党国的命运，也关系到自由世界反共斗争的成败。因此，蒋总裁……"

当听到汤云浦念道"蒋总裁"，在座的将领们都连忙起立。汤云浦接着说："蒋总裁昨日已经亲临上海指挥作战，根据总裁判断，只要我等坚守半年，世界局势必然改变。"说完以后，汤云浦示意他们坐下，站立的将领们这才都坐下了。

汤云浦接着说："美国朋友已经答应，要像二十二年前一样援助我们。目前对我们来说，最重要的是时间。无论如何也要坚守 6 个月。"

☆汤云浦又说："蒋总裁昨日已经亲临上海指挥作战，根据总裁判断，只要我等坚守半年，世界局势必然改变。美国朋友已经答应，要像 22 年前一样援助我们，目前对我们来说，最重要的是时间，无论如何也要坚守 6 个月。"

听汤云浦司令说完，韩军长这时站起来说："要想守住上海，必先守住外围，吴淞、高桥一线是通向盟邦唯一的大门。"韩军长又转身对汤云浦说："望总座看在多年交情的份上，再拨给我一个师吧。"

☆这时韩军长站起来说："要想守住上海，必先守住外围，吴淞、高桥一线是通向盟邦唯一的大门。"韩军长又转身对汤云浦说："望总座看在多年交情的份上，再拨给我一个师吧。"

汤云浦对韩军长的请求未加可否，用手拍了拍韩军长的肩膀说："有韩兄守在吴淞口的外围。"随后又转身对着刘义说："有子义兄站在西南的大门上，我很放心。"刘义听了汤云浦说自己，赶紧站立了起来，等汤云浦说完，他才坐下。

汤云浦看了看在座的各位将领，一脸的严肃，接着对大家说："不过，外围是上海的生命线，要不惜一切代价守住它。"

在座的各位将领觉得汤云浦说得很有道理，都纷纷点点头，表示同意汤云浦的说法。

等汤云浦说完，刘义右手里拿起了一支笔，对着大家接着说："常言道，不防一万，定防万一，一旦共军攻破了外围防线……"

在这个场合，尽管刘义说的话听起来让众人有些泄气，也似乎

☆汤云浦对韩军长的请求未加可否，用手拍拍韩军长的肩膀说："有韩兄守在吴淞口的外围。"又转身对着刘义说："有子义兄站在西南的大门上，我很放心。"他又转向大家："不过，外围是上海的生命线，要不惜一切代价守住它。"

☆刘义接着说："常言道，不防一万，定防万一，一旦共军攻破了外围防线……"没等刘义说完，邵庄抢话说："刘军长，别忘了在黄浦江中还停着所向无敌的美国舰队呐。"

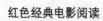
有点危言耸听。但是，刘义说的话也是实话，在当时的情况下，在强大的中国共产党面前，强大的中国人民解放军在一夜之间就能通过长江天险，他们在座的每一个将军心里都是很清楚的，有担心还是很有必要的。不过刘义的话，却让邵庄不爱听了。还没等刘义把话说完，邵庄就抢过话茬说："刘军长，别忘了在黄浦江还停着所向无敌的美国舰队呐。"

其实，邵庄并不知道，美国舰队是靠不住的。早在5月初，当时的美国总统杜鲁门就在白宫召集紧急会议，秘密讨论中国新局势。与之同时，美西太平洋舰队司令白吉尔将军的旗舰爱尔徒拉徒号也悄悄溜出吴淞口，泊在长江口外。泊在吴淞口外长江水域的外国兵舰还在待命，不过他们的任务已经不是帮助国民党军守卫上海，而是随时准备撤退愿意离开上海的本国侨民。美国领馆也已寻觅了几幢高楼大厦，准备在战争爆发时集中安置不愿离开上海的侨民。

汤云浦听了他们的话，还是觉得刘义的话很有道理；绝对不能小看共产党的军队，这在汤云浦的心里是十分清楚的。

随后，汤云浦对他们说："子义兄说得对，我们应当料到这一步，一旦共军突破外围，那就凭借着市内高楼大厦与共军周旋，让上海每一座楼房都变成共军的坟墓。"

汤云浦这时已经做好了最后的打算，在与共军交战了这么多年，他心里清楚，共军不把上海攻下来也是不会善罢甘休的。

年少轻狂的邵庄在自己的心里还是信心十足的，他对自己的实力还是很满足的，在他的心里一直认为国民党军队不会走到汤云浦说的那一步。所以在汤云浦刚刚说完，他就不以为然地接着说："这种不幸的局面决不会出现，虽然共军三面包围了上海，但是我军斗志昂扬，武器精良，再加上经过日本、我军、盟邦多次修建的外围防线，足够共军啃半年的。"邵庄对刘义刚才的话根本就没有放在心里，等自己说完，斜视了坐在自己一旁的刘义一眼，心中不悦地思索着。

刘义心里也清楚，邵庄之所以这么说，是因为他认为自己的担

—— 14 ——

☆汤云浦听了他们的话说："子义兄说得对，我们应当料到这一步，一旦共军突破外围，那就凭借市内高楼大厦与共军周旋，让上海每一座楼房都变成共军的坟墓。"

☆邵庄不以为然地说："这种不幸的局面决不会出现，虽然共军三面包围了上海。但是我军斗志昂扬，武器精良，再加上日本、我军、盟邦多次修建的外围防线。足够共军啃半年的。"说完斜视了刘义一眼。

心是多余的。但是以刘义多年的战争经验来说,这些担心还是有必要的。想到这儿,刘义就对邵庄反驳道:"兵不在多而在精,将不在勇而在谋,我军固然装备精良,而共军的力量也不可低估,以往辽沈、淮海、平津之所以失利,多在将领轻敌所致。同时,上海的地下共产党乃党国心腹大患,如果再来个第四次武装暴乱……"说到这儿,刘义没有再继续往下说,而是做了一个双手摊开的手势。

☆刘义听了邵庄的话反驳说:"兵不在多而在精,将不在勇而在谋,我军固然装备精良,而共军的力量也不可低估,以往辽沈、淮海、平津之所以失利,多在将领轻敌所致。同时,上海的地下共产党乃党国心腹大患,如果再来个第四次武装暴乱……"

    刘义的短短几句话,打在在座每个人的心里。就在前不久的1948年9月至1949年1月,中国人民解放军同国民党军进行了辽沈、淮海、平津三个战略性战役。辽沈、淮海、平津三大战役,历时142天,共争取起义、投诚、接受和平改编与歼灭国民党正规军144个师,非正规军29个师,合计共154万余人。国民党赖以维持其反动统治的主要军事力量基本上被消灭。这其中，不乏国民党的精锐的、最具战斗力的王牌师团。在座的军官们都沉默了，都在各自思索着心事。

　　汤云浦觉得刘义话对军心士气不利，就对大家笑了笑，然后说："这里不是辽沈，也不是徐蚌，这里是上海，跟那里的情势不一样。大家不要过于担心，也不要长共军的士气，灭自己的威风。我也肯定不会给共产党组织第四次暴乱的机会。"汤云浦的心里早就已经有了自己的盘算，这件事他已经经过了细致的考虑，并且已经有了十分完备的方案。因为之前的上海人民的三次武装暴动，对他们来说真的是太被动了，所以他不会也不允许上海再发生第四次武装暴动的。随后，汤云浦看着刘义，信心十足地说："这个子义兄可以放心，我早已准备下另一只铁拳对付他，那就是我们的反共专家屠局长。"说完，他指了指坐在角落里的上海警察局长屠森。

☆汤云浦听了哈哈大笑起来，对刘义说："这个子义兄可以放心，我早已准备下另一只铁拳对付他，那就是我们的反共专家屠局长。"说完，他指了指坐在角落里的上海警察局长屠森。

屠森等汤云浦介绍完自己，就从自己的座位上慢慢地站了起来，只见他四十岁左右的样子，穿了一件深蓝色的上衣，有一对冷冷的灰色的从不转动的眼睛，脸上没有一点血色，他只向汤略微的低了一下仅剩了几根头发的光脑袋。他给大家鞠了一躬，说："如果我们现在才想到这件事情，那我们早就不存在了。"

此时，他的脑海里重现着当年屠杀共产党人的情景：一排荷枪实弹的国民党兵手里端着枪，对面站着的就是一排排等着被处决的共产党人，只见一声令下，响起了密集的枪声，共产党人一个个倒下去了，接着又是一排被拉了上来，紧接着又是一阵枪声，就这样，不知道有多少的共产党人死在了这个杀人不眨眼的刽子手手里。大人都被处死了，还剩下一个刚会喊出"妈妈！"字样的孩子，在下面趴着哭喊着，听着这个孩子的哭声，这个残暴无比的刽子手的脸上

☆屠森慢慢地站起身，冷冰冰的脸上没有一点血色，他给大家鞠了一躬说："如果现在我们才想到这件事情，我们早已经不存在了。"此时他脑海里重现着当年屠杀共产党人的情景，他笑了笑接着说："22年前杨虎将军和戴笠先生这样做过，今天我也这样做。"

露出了狡猾的笑容。随后他笑了笑对在座的各位将领说："二十二年前杨虎将军和戴笠先生这样做过，今天我也这样做。"

刘义军长听完屠森说的话，很是赞同他的想法。他站起来对屠森点了点头，微笑着说："贤明！贤明！"

汤云浦站起来对大家说："诸位，大敌当前，望诸位将官以党国利益为重，精诚团结，接受以往失败的教训，抛弃个人成见，同心协力，手足相应，定能不辜负总裁之望，重创共军于上海市郊。"

☆汤云浦站起来对大家说："诸位，大敌当前，望诸位将官以党国利益为重，精诚团结，接受以往失败的教训，抛弃个人成见，同心协力，手足相应，定能不辜负总裁之望，重创共军于上海市郊。"

此时，我人民解放军东线大军已经解放了七宝、泗泾镇，迅速到达上海西南郊，同北面和浦东方面夹击吴淞口的兄弟部队取得密切联系，三面包围了上海，准备向市区大举进攻。战士们在驻地上，有的在来回搬运着物资，有的在地上坐着休息，有的在端着水喝着，有的在吹着笛子，有的在聊着天，有的……

☆此时，我人民解放军东线大军解放了七宝、泗泾镇，迅速到达上海西南郊，同北面和浦东方面夹击吴淞口的兄弟部队取得密切配合，三面包围了上海，准备向市区大举进攻。

炮后阵地穿过了竹林，沿着金黄色的油菜花和嫩绿的稻田伸向远处，密集的大炮披着伪装，炮兵们哼着"运输大队长"的歌子，在擦着大炮和炮弹。也有的在忙着测量距离，瞄准目标。

方军长和肖师长一直沿着炮兵阵地走着，矮胖的炮兵团长急急跟上来和军长谈论着。

方军长一边观察着一边对炮兵团长嘱咐着："炮兵可关系着部队的伤亡大小问题，一定要测量准确！"

炮兵团长立刻说："保证在20分钟以内叫敌人的坦克、大炮变成一堆烂铁。"

方军长点了点头说："那好！马上把各师的炮都集中上来。"

炮兵团长说："是！"

一个炮兵战士在涂抹大炮上"U．S．A"的标志，方军长就问他："为什么要涂掉它？"

这个炮兵直起身来，解释着："报告军长，我看到这玩艺就恶心。"

方军长笑着说："还是不要涂掉它，等打完了仗，把这些炮送到历史博物馆里，让我们的子孙后代都记住，美帝国主义和蒋介石欠下中国人民的这笔血债。"

肖师长也跟着说："我看，该到了敌人还清债务的年头啦。"

他们俩看着密集的大炮微微的点了下头，又一起朝前沿阵地走去。

方军长和肖师长来到前沿阵地上，举着望远镜观察着远处的敌情。方军长遥望着远处的大上海，把望远镜拿下来，对着远方激动

☆我军方军长和肖师长在前沿阵地上，用望远镜观察敌情。军长遥望着远处的大上海，激动地说："看到了，又回来了。"肖师长也笑着说："真有意思，在这里反共起家的蒋介石，又叫他灭亡在这里，好像是有人故意这样安排似的。"

地说："看到了，又回来了。"

肖师长听军长说完，上前两步，来到军长的身边，看着远处的大上海，也笑着说："真有意思，在这里反共起家的蒋介石，又叫他灭亡在这里，好像是有人故意这样安排的。"

方军长转过身来看了看肖师长，没有马上回答，仍目不转睛的看着上海。过了一会儿，他才低沉地说："是历史安排的，二十二年以前，就在蒋介石实行反革命大屠杀的第二天，我就离开了上海。"

☆军长接着说："是历史安排的，22年以前，就在蒋介石实行反革命大屠杀的第二天，我离开了上海。"

方军长向肖师长讲述了当年的情景。那是一个细雨蒙蒙的夜晚，国民党反动派到处抓他。他在家里也不敢开灯，在赶紧烧着文件，这时窗外传来的几声枪响，他赶紧来到窗口，把窗帘掀开一个缝，朝着大街上看去。外面响起了一阵马蹄声，他赶紧转身，收拾着地上的文件。正在这时，门外传来了阵阵敲门声，他赶紧把窗帘撕下来，朝着窗户外面就跳下去了。见一直敲门没有人上来开，反动派就开始朝着里面开枪了。随后门就被踹开了，国民党反动派举着枪进来了。到了屋里，他们就开始了细致的搜查。

在这个时候，他的战友小林子正在不远处的树下等着他，并对他发出了暗号。小林子见他过来了，连忙喊了他一声。方军长走上前，拉住小林子的胳膊惊喜地叫道："小林子。"

情势紧急，小林子顾不得和方军长多寒暄，就连忙拉住他说："快，我送你过江。"

☆军长向肖师长讲诉了当年的情景，那是一个细雨蒙蒙的夜晚，反动派到
　处抓他，是他的战友小林子用小船把他送出了上海，离别的时候，他握
　着战友的手说："小林子，你记住，我们还会回来的。"

于是，小林子用小船把他连夜送出了上海。离别的时候，方军长握着小林子的手说："小林子，你记住，我们还会回来的。"

直到现在，方军长还能清楚地记得这一幕。回忆完这一幕，方军长回到现实中来。

他对肖师长说："从那天起，就跟着党走遍了全国，爬过多少山，淌过多少河，多少个战友倒下去了，终于在党和毛主席的领导下，踩出来一条革命的道路，今天，我们回来了！"说完，他们俩望着远方，望着这个曾经自己战斗过的大上海。

☆军长又对肖师长说："从那天起，就跟着党走遍了全国，爬过多少山，淌过多少河，多少个战友倒了下去，终于在党和毛主席的领导下，踩出来一条革命的道路，今天，我们回来了！"

第二章

地下党秘密会议

这条大街上，人来人往川流不息，各商店的门上贴着"黄金、银元、美钞交易"的条子，各处的扩音器里传出来兜售"应变米""应变鱼"的喊叫声，每家米店门口，拥挤着抢购的人群，米、面的牌价不停的暴涨着，抢购的人们急吵着、咒骂着、撕打着。

　　马路的两旁站满了叫卖洋腊、纸灯、马灯和包工打井的人，到处是银元贩子敲打的丁当声，失业的人们挤在人群里向行人讨乞着。

　　卖报的高声叫卖着："买报、买报，上海战局的新闻！""号外、号外，汤司令告全市同胞的新闻。"

　　一个穿着白色大衣的女士正在给一个卖花的姑娘拿钱。报童就站在她的身边不时地喊着，也希望她能买一份报纸。

　　不远处走过来一位男士，他戴着礼帽，穿着西装，看到了买花的女士，就举起手来，朝着她招呼道："在这儿，小红。"那位男士一边说着一边快步来到了女士的身边。

　　女士手里拿着刚刚挑好的花，转身看着男士，嗔怪地说："你怎么到现在才来啊？"

　　男士连忙微笑着解释道："对不起，公司里有点事。"说着，男士从手里拿出来一份报纸对女士说："哎，今天报纸里有好消息，你看了没有？"

　　女士一边朝四周看了一下，一边说："我对报纸不感兴趣"

　　这位男士就是上海地下党区委书记林凡，女的则是地下党员赵春。

　　林凡要在赵春的掩护下去参加一个会议。林凡领着赵春在上海

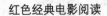

市里的一条不大的街上走着，突然迎面奔来一队"飞行堡垒"和红色的捕人车，林凡和赵春急转向另一条大街。随后，一队接一队的"飞行堡垒"冲过人群驰过。一辆接一辆的军用大卡车，满载着敌兵，拖着大炮驰过。

林凡和赵春穿过这条动乱的大街走向工厂区，前面又传来了"飞行堡垒"和捕人车的尖叫声。他们俩机警地朝着四周看了看，见没有发现什么可疑的人员，赵春对林凡小声地说："3 号地区被包围了，会议改在 9 号地区，有车在前边等着。"

☆上海的一条大街上，上海地下党区委书记林凡在女地下党员赵春的掩护下去参加一个会议。赵春对林凡说："3 号地区被包围了，会议改在 9 号地区，有车在前边等着。"

随后两个人快步朝着约定地点走着，赵春边走着边朝着四周机警地观察着。这时候已经有人在后面盯上了他们俩。来到了约定的地点，三轮车早就已经在那里等候着他们了。见他们走过来了，三轮车车夫赶紧朝他们俩热情地招呼着。他们俩迅速地上了三轮车，

☆两个人快步来到约定地点，三轮车已经等候在那里，他们上了车，林凡故意大声对车夫喊道："三轮，去百老汇。"

林凡故意大声地对车夫喊道："三轮，去百老汇。"

林凡和赵春的行动被敌人发现了。警察局的巴队长见他们俩坐三轮车走了，对着路边的一辆三轮喊道："三轮。"

三轮车夫见有客户上门，就连忙答应道："来了。"说着，他就把三轮车骑到了巴队长的跟前。

巴队长指着前面赵春和林凡乘坐的三轮车说："跟上前面那辆三轮。要快！"

车夫点了点头说："好嘞！"

巴队长上了三轮车。车夫飞快地蹬着三轮车，朝着前面的三轮车追去，紧紧地跟在后面。巴队长的眼睛一直盯着赵春和林凡乘坐的三轮车，生怕他们从自己的视线内消失。他一边盯着前面，还一边不断地催促着车夫："快！就前面那辆！"

巴队长并不知道拉着他的这个车夫是中国共产党的地下党员老杨。他巧妙地掩护林凡他们拐进了胡同，脱离了敌人的视线。他又

☆林凡和赵春的行动被敌人发现了，警察局的巴队长也叫了一辆三轮，紧紧地跟在他们后面。巴队长不断地催促着车夫："快！就前边那辆！"

快速地蹬着三轮车，拉着巴队长追上了前面的另一辆三轮车，巴队长还指着前面的那辆三轮车对车夫说："快！就前面那辆！"

老杨听了以后，故意装作顺从地说："好嘞！"

过了一会儿，前面的三轮车在一座房子前停了下来，车夫对车上的人说："到了，先生。"那位先生刚刚付完钱从车上走下来，巴队长坐着的三轮车也赶到了。巴队长迫不及待地下了车，快步走到那位先生面前，一把抓住他的肩膀说："先生，跟我走吧。"说完，巴队长使劲拉了一下那位先生的肩膀。那位先生转回身来，愤怒地看了看巴队长，大声问道："干什么？"

巴队长仔细一看，这才发现追错了人。巴队长惊讶之余，连忙把自己的帽子摘下来，对那位男士道歉："对不起！"

那位先生看着巴队长，生气地说："混蛋！瞎了眼。"

巴队长怕暴露自己的身份，只得忍住不敢还嘴，点着头说：

☆谁知这个车夫是地下党的老杨，他巧妙地掩护林凡他们拐进了胡
　同，脱离了敌人的视线。他拉着巴队长追上了前边的另一辆三轮，
　巴队长下车一把抓住那个人的肩膀说："先生，跟我走吧。"当那个
　人转回身时，巴队长才发现追错了。

"是，是，是。"

　　那位先生又狠狠地瞪了巴队长一眼，转身就要走。旁边的女士
挽住他的胳膊说："哼！真是讨厌！"说完，他们两个人朝着眼前的
大房子里走去，留下了一脸无奈的巴队长。

　　在老杨的机智掩护下，林凡他们很顺利地到了地下党组织的开
会地点。很多工厂的代表们都到了，他们互相握着手问候着，有的
还紧紧拥抱在了一起，兴奋地说着什么。

　　一位身着邮差服装的工人说："同志们，轻一点，轻一点。"

　　一位学生代表夹着几本书走进来，年青的铁路工人迎上与他握
手问着："同志，你是那个工厂的？"

　　那位学生代表说："我是学生代表，你哪？"

　　铁路工人笑着说："我，（学火车头汽笛声）是开火车的。"

　　林凡进屋以后，与各代表一一握手。等人都到齐了，林凡他们的会议也开始了。他们坐在一个四方的桌子前，其他的同志还有坐在沙发上的。林凡对大家说："同志们，这是我们第一次见面，也是今后经常见面的开始，天就要亮啦。大规模的战斗马上就要开始啦。市委指示我们，马上把工人纠察队和人民保安队组织起来，团结全体工人和市民群众，粉碎敌人破坏城市的阴谋。"

　　☆林凡他们的会议已经开始了，林凡对大家说："市委指示我们，马上把工人纠察队和人民保安队组织起来，团结全体工人和市民群众，粉碎敌人破坏城市的阴谋。"这时，外边又传来一阵阵警车的鸣笛声。

　　大家听了以后，都激动地点点头，表示已经明白了。恰在此时，外边又传来一阵阵警车的鸣笛声。大家都停下来，朝着窗户望去。站在窗户边上的一位同志，正在朝着窗户外面观察着。等警车过去了，他才回头对林凡他们说："过去了。"说完，他就在窗户底下的一个板凳上坐了下来。

　　这时，坐在沙发的一位年轻同志激动地对林凡说："老林，干脆，再来个第四次武装起义，里应外合，一家伙……"大家都转身看着他，听他讲完。

☆参加会议的一个同志发言说："老林，干脆，再来个第四次武装起义，
里应外合，一家伙……"

林凡却摇摇头说："不在万不得已的时候，用不着武装起义，我们有强大的人民解放军啦！市委指示我们：要想尽一切办法团结全体工人弟兄和市民群众，保住工厂、保住城市。"

一位老工人说："最好的办法是不要停止生产。"

赵春说："还有宣传工作！"

林凡点了点头说："说的对！我们要依靠群众的力量群众的智慧和敌人进行斗争。"

水电工人代表说："不管仗打得多厉害，我们保证一分钟也不停止供电送水。"

电话工人代表说："我们保证电话畅通。"

看到大家都有事情做，铁路工人代表有一些无奈地问："我们干

☆林凡打断了他的话："这一点，中央早有指示，今天我们有强大的人民解放军，在武装力量上是绝对超过敌人的，只要我们能保住工厂，保住城市，就是最好的里应外合了。"

点什么哪?"

林凡笑着说："别叫敌人把火车头破坏啦！准备好，有用着你们的时候！"

铁路工人代表笑着说："我们能驾上火车头向敌人冲锋才来劲哪！"

学生代表也激动地说："我们保证把标语贴满城，把传单撒满市。"

林凡满意地点着头："这很好，同志们必须记住，我们要尽量避免和敌人正面冲突，来保存我们的力量，好建设我们人民的大上海。"说着，他从口袋里掏出一张号外："绝不要因为快要胜利啦，就疏忽大意，你们看，"他指着号外上汤云浦的半身照片继续说，"临死的疯狗咬人才狠哪！"

正在这时，传来了敲门声，赵春起身去开门，原来是赵妈妈给大家送水来了。赵妈妈手里端着水壶走进来，赵春问道："赵妈妈，怎么样?"赵妈妈对大家说："外边没事，'飞行堡垒'刚刚过去，你们继续开会吧。"

☆这时传来敲门声，原来是赵妈妈给大家送水来了，她对大家说："外边没事，'飞行堡垒'刚刚过去，你们继续开会吧。"

随后她们来到了茶几旁，赵春从茶几上把杯子拿起来，一边帮着赵妈妈倒水，一边深情地对赵妈妈说："赵妈妈，这些年来可真难为你了，一个人守在机关里。"

赵妈妈听了以后，手里提着水壶，刚刚倒完一碗水，微笑着对赵春说："看你说的，干什么都是为了革命，当革命的娘姨，我心里头高兴啊!"赵妈妈的几句话，惹得大家都笑了。

赵妈妈来到了林凡的身边，林凡这时候赶紧拿起了杯子，让赵妈妈给他倒水。赵妈妈又低声问林凡："老林，解放军真包围了上海了?"

林凡手里端着赵妈妈刚刚倒的水，兴奋地看着赵妈妈，点了点

☆赵春一边帮着赵妈妈倒水，一边深情地对赵妈妈说："赵妈妈，这
　些年来可真难为你了，一个人守在机关里。"赵妈妈笑着说："看你
　说的，干什么都是为了革命，当革命的娘姨，我心里头高兴啊！"
　说的大家都笑了。

头，认真地回答说："嗯！真的，这不，我们正准备迎接解放军呐！"

　　赵妈妈听了以后，看着大家说："二十二年了，可算熬到头了，
孩子们，越是在这种时候就越要小心，二十二年前，就是因为我们
太大意了。"

　　林凡知道赵妈妈说的二十二年前的事情，指的是我党在 1927 年
惨遭国民党的清洗和屠杀。1927 年 3 月 21 日，为了配合国民革命军
的北伐战争，在中国共产党的领导下，上海工人发动了第三次武装
起义。当日，80 万工人开始罢工，学生开始罢课，商人开始罢市。
总罢工实现后便马上转入武装起义。武装起义以工人纠察队为先锋，
按照预定计划攻打各警署和兵营。起义工人攻下市电话局、电报局，
占领警察局和兵营。30 个小时后，纠察队攻下了北洋军阀在上海的
最后一个据点——北火车站。上海工人只用百余杆破旧的枪支和少

☆赵妈妈又问林凡："老林，解放军真包围了上海了？"林凡点点头回
　答说："真的，这不，我们正准备迎接解放军那。"赵妈妈又说：
　"22 年了，可算熬到头了，孩子们，越是在这种时候就越要小心，
　22 年前，就是因为我们太大意了。"

量手榴弹，解放了自己的城市，这是世界工人阶级武装起义史上少
有的成功记录。

　　但是，蒋介石在帝国主义势力的官僚资本主义的支持下，一面
将写着"共同奋斗" 4 个大字的锦旗赠送给上海总工会纠察队，以表
示对上海工人的"敬意"，一面加紧部署和策划反革命政变，准备疯
狂屠杀共产党人士和进步人士。4 月 12 日，早已做好准备的青红帮
流氓打手，臂缠白布黑"工"字袖标，冒充工人，从租界内分头冲
出，向工人纠察队袭击。工人纠察队奋起抵抗。双方正在激战，国
民革命军第二十六军（蒋介石收编的孙传芳旧部）开来，以调解
"工人内讧"为名，收缴工人纠察队武装，1700 多支枪被缴，300 多
名纠察队员被打死打伤。事件发生后，上海工人和各界群众举行总
罢工和示威游行，却遭到反动派的血腥镇压。

　　林凡知道赵妈妈的担心是对的，但是现在我们的党已经成熟了很多了。林凡笑着对赵妈妈说："放心吧，赵妈妈，我们不会再吃那种亏了，二十二年来，我们的党已经积累了丰富的斗争经验。"

　　赵妈妈点了点头，又给另一位同志倒水。林凡转过身来，看着赵妈妈，兴奋地说："这回我们的队伍回来了，说不定您儿子赵永生也会回来的。"

　　赵妈妈听了，摇摇头。她笑着对林凡说："那么多的解放军，哪会那么巧就轮上他们打上海。"说完，赵妈妈呵呵笑着走向一边继续给同志们倒水去了。

☆林凡笑着对赵妈妈说："放心吧赵妈妈，我们不会再吃那种亏了，22年来，我们党已经积累了丰富的斗争经验。这回我们的队伍回来了，说不定您儿子赵永生也会回来的？"赵妈妈摇摇头说"那么多的解放军，哪会那么巧就轮上他们打上海。"

　　林凡微笑着说："那可说不定啊。"林凡从自己上衣的口袋里掏出来一个小纸条，叫住了正在朝着门口走去的赵妈妈。赵妈妈停住了脚步，转身看着林凡。

　　林凡来到了她的跟前，把小纸条交给赵妈妈，认真地说："赵妈妈，你把这个交给老杨，告诉他，组织上决定派他回水电厂去，不管仗打得怎么样，一分钟也不能停止供电送水。"

☆林凡说："那可说不定啊。"说完林凡从上衣口袋里掏出一个纸条，
　交给赵妈妈："赵妈妈，你把这个交给老杨，告诉他，组织上决定
　派他回水电厂去，不管仗打的怎么样，一分钟也不能停止供电送
　水。"这时听到门铃响。

　　赵妈妈把纸条握在手里，冲着林凡点点头，这时，楼下的门铃声响了。

　　等门铃声停止了，赵妈妈对着大家说："是自己人。"说完，她就要出去开门，一边走一边把纸条装进了自己的兜里。

　　赵妈妈把门打开，原来是老杨来了。老杨进了门，冲着赵妈妈低声问："老林来了吗？"

　　赵妈妈把门关上，点了点头说："正在开会。"

　　得知林凡已经安全到达了，老杨一颗悬着的心这才放了下来。他自言自语地说："这下我就放心了。"见赵妈妈来到了自己的身边，老杨难以掩住自己兴奋的神情，激动地对赵妈妈说："老嫂子，解放军已经包围上海了。"

赵妈妈看着一脸兴奋的老杨，警惕地提醒道："看把你高兴的，小心让外人看出来。"

老杨听了以后，十分有把握地说："不要紧，他们想抓我还得费点劲。"

☆赵妈妈去开门，原来是老杨来了，老杨进门就问："老林来了吗？"赵妈妈说在开会。老杨说："这我就放心了。"老杨又对赵妈妈说："老嫂子，解放军包围上海了。"赵妈妈说："看把你高兴的，小心让外人看出来。""不要紧，他们想抓我还得费点劲。"

老杨和赵妈妈一起推门进了屋，老杨朝着楼上看了看，知道他们是在楼上开会。老杨走到桌子边上，拿起水壶开始倒水喝。

赵妈妈来到老杨的跟前，从上衣的口袋里拿出那张纸条交给老杨说："老杨，组织上决定派你回水电厂去。"

老杨把手里拿着的水杯放在桌子上，从赵妈妈的手里把小纸条接了过来，拿在手里，看了看以后说："好，误不了事。"

☆老杨和赵妈妈进了屋，赵妈妈拿出那张纸条交给老杨
说："老杨，组织上决定派你回水电厂去。"老杨接过
纸条看了看说："好，误不了事。"

☆随后老杨摘下帽子，从里面拿出2张制作工人纠察队
袖标的纸样，递给赵妈妈说："嫂子，把这个送到7号
去，每样2000个，一定要在两天内赶出来。"

随后老杨把头上的帽子摘下来，从里面拿出两张张制作工人纠
察队袖标的纸样，递给赵妈妈，说："嫂子，把这个送到7号去，每

样 2000 个，一定要在两天内赶出来。"

赵妈妈从老杨的手里接过来纸样，拿在手里，认真地看着，激动地说："1927 年春天，三次武装起义的时候，我做过它，我也戴过它，多么难熬的二十二年呐。"

☆赵妈妈接过纸样，认真地看着，激动地说："1927 年春天，三次武装起义的时候，我做过它，我也戴过它，多么难熬的 22 年呐。"

老杨喝了口水，对赵妈妈激动地说："老嫂子，苦日子熬到头了。"

赵妈妈听了以后，手里赶紧收着纸样，高兴地点着头。

老杨又对赵妈妈说："这一回，我永生侄儿也该回来了。"

赵妈妈已经把纸样收好了，揣在了自己的腰间里。

老杨又问赵妈妈："哎！他出去三年多了吧？"

赵妈妈点了点头，一点不差地说："3 年零 15 天了。"

听到赵妈妈这么说，老杨深受感动："哎！那你可得准备点好吃的。"

赵妈妈一想到自己的儿子就要回来了，就高兴地呵呵笑了起来。

☆老杨喝了口水，对赵妈妈说："老嫂子，苦日子熬到头了，这回我永生大侄儿也该回来了。"老杨又问赵妈妈："哎！他出去3年多了吧？"赵妈妈回答说："3年零15天了。""哎！那你可得准备点好吃的。"

老杨把水杯放回了桌子上，从口袋里掏出来一瓶酒，递给赵妈妈说："把它放在这儿，等胜利后大侄儿回来了，我们爷俩好好地唠他三天三宿。"

☆老杨说完，从口袋里掏出一瓶酒，递给赵妈妈说："把它放在这儿，等胜利后大侄儿回来了，我们爷俩好好地唠他三天三宿。"赵妈妈接过酒瓶，笑着说："看把你欢喜的。""解放了，还不高兴啊。"

— 43 —

赵妈妈接过酒瓶，笑着说："看把你欢喜的。"

老杨兴奋地伸开双手说："要解放了，还不高兴啊。"

赵妈妈看着老杨兴奋的样子，自己的心里也十分高兴。

老杨把事情已经给赵妈妈交待完了，就对赵妈妈说："我走了。"说完，他拿起桌子上的帽子就朝着门口走去。

赵妈妈送走了老杨，手里拿着酒瓶脸上带着微笑，站在屋里自言自语地说："是啊，永生也该回来了。"是啊，赵妈妈的儿子赵永生已经走了三年多了，这其中一次也没有回来过，当妈的自然会想念自己的儿子了。赵妈妈一想到自己的儿子就要打回上海了，心里就有说不出的高兴来。

☆赵妈妈送走了老杨，手里拿着酒瓶自言自语地说："是啊，永生也该回来了。"

还真被他们给说着了，赵妈妈的儿子赵永生真的回来了，他现在已经是解放军的一个班长了，而且还是一名战斗英雄。

　　在上海的外郊，沿着嫩绿的稻田和李花林，延伸着弯曲整齐的工事，在一高地的工事后面，飘扬着一面鲜艳的红旗，歌声、笑声阵阵传来。同时，阵地上空不停的飞啸着敌人的炮弹，在远处、在近处继续的爆炸着，只是没有人去理会它。

☆赵妈妈的儿子赵永生真的回来了，他已是解放军的一个班长，而且还是战斗英雄。此时正在上海郊外的阵地上远眺着大上海，他感慨地说："回来了，三年多，总算打回来了。"在他身边，三连长放下望远镜，激动地对赵永生说："多好的城市啊！我们的党就出生在这里。"周围不时传来敌人炸弹的爆炸声。

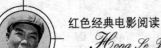
　　三连长和赵永生班长并排伏在工事的胸墙上，默默地看着上海市的远景。赵班长不时地侧耳倾听着什么。小罗坐在工事的对岸，嘴里哼着小调在整理着裹腿、鞋子，最后还换上了件新的上衣。

　　赵班长眺望着大上海，这是个他从小生活的地方，自己做梦都想回来的地方，眼看着到了自己的家门口了，他感慨地说："回来了，三年多，总算打回来了。"

　　在他身边，三连长放下望远镜，激动地对赵永生说："多好的城市啊！我们的党就出生在这里。"周围不时传来敌人炸弹的爆炸声。

　　听到这巨大的爆炸声，他们同时转身朝远处望去。

　　正在这时候，战士小罗边喊："班长！班长！"一边跑了过来。这时，不远处爆炸声越来越响，还有在我军的战壕里，在战士们的周围，也不时地有敌人的炸弹爆炸。小罗今天刚刚换了一身新军装，心里十分高兴，只见他的胸前还佩戴着好几个奖章，他站在三连长和赵永生的面前，难掩饰住自己内心的兴奋劲，微笑着说："你们

　　☆这时，战士小罗一边喊着："班长！班长！"一边跑过来。他换了一身新军装，胸前还佩戴着好几个奖章，他站在三连长和赵永生面前说："你们看，怎么样？这样在上海大马路上一走，像个解放军样吧？"

看，怎么样？这样在上海大马路上一走，像个解放军样吧？"

看着小罗那兴奋激动的样子，三连长伸出手来摸了摸小罗胸前的奖章，笑着说："嘿！看我们小罗，可真像个要回家的样儿。"说完，三连长呵呵笑了起来。

三连长的一席话还真勾起了小罗的痛苦回忆，只见小罗听了三连长说的这些话，立即沉下脸来，说："我要是有个家该多好啊！"随后小罗蹲在了战壕里，朝着远处的敌人防线看着，愤怒地说："这些兔崽子们，这次我轻饶不了他们。"说完他抓起一块土坷垃狠狠地把它捏碎。

☆三连长用手摸了摸小罗胸前的奖章，笑着说："嘿！看我们小罗，可真像个要回家的样儿。"小罗听了这些话，立刻沉下脸来说："我要是有个家该多好啊？这些兔崽子们，这次我轻饶不了他们。"他抓起一个土块狠狠地把它捏碎。

三连长和赵班长这时看到小罗伤心了，就走上前来，安慰他。赵永生对小罗说："你不是常说我的家就是你的家吗？"

小罗听了以后，抬头看了看赵班长，还是伤心地低下了头。三连长接着说："上海是我们党的老家，也是革命的老家，不也是我们大伙的老家吗？"

☆三连长和赵班长走到小罗跟前安慰他，赵永生对他说："你不是常
说我的家就是你的家吗？"三连长也说："上海是我们党的老家，也
是革命的老家，不也是我们大伙的老家吗？"赵永生又说："说不定
这回见了妈妈，她光要你这个儿子，就不要我了。"

这时赵永生接着对小罗说："说不定这回见了妈妈，她光要你这
个儿子，就不要我了。"小罗听了以后，觉得不可理解，就一脸疑问
地看着他。

看了一会儿，小罗不解地问："为什么？"

赵永生指了指小罗胸前挂着的奖章说："就凭你挂的这一堆。"

小罗一听不好意思地用手摸着自己挂在胸前的奖章。

赵永生和三连长互相看了看，哈哈大笑了起来。

小罗又看了看自己胸前的奖章，说："我这一堆连一个像样的也
没有。"

三连长对赵永生说："赵永生把你的英雄章给小罗戴戴。"

赵永生听了以后，爽快地说："来。"说着，赵永生从自己上衣
的口袋里把那枚英雄章拿了出来，挂在了小罗的胸前。

三连长看了看，高兴地说："嘿！这下我们小罗可真像个英雄了。"

☆小罗不解地问：“为什么？”赵永生指了指小罗胸前的奖章说：“就凭你挂的这一堆。”说完大家都哈哈大笑起来。赵永生把他的那枚英雄章挂在小罗胸前，三连长一看说：“嘿！这下我们小罗可真像个英雄了。”小罗傻笑着摘下英雄章还给了赵永生，自语道：“可惜，咱还不是英雄那。”

小罗傻笑着摘下英雄章还给了赵永生，自语道：“可惜，咱还不是英雄呐！”

看着小罗的情绪又低落了，三连长看着他鼓励道：“别灰心，小罗，也许打完这一仗你就成英雄了。”

小罗看着三连长说：“没指望了，一顿大炮以后，咱们背起背包就进上海了。”小罗趴在了战壕的一侧，看着远方的大上海，有点泄气地说：“还当英雄呢？”

赵永生听小罗说完，对他说：“你想得太简单啦！”赵永生把奖章放进了上衣的口袋里，靠近了小罗，接着对他说：“小罗，咱们还是应该多想想怎么完成任务，少想想当英雄。”

小罗用手托着下巴，朝着远方看着，自言自语地说：“我什么都想。”他突然转回头来对赵永生说：“哎，班长，这回咱们回到家，

☆三连长对小罗说："别灰心，小罗，也许打完这一仗你就成英雄
了。"小罗说："没指望了，一顿大炮，背起背包就进上海了，还当
英雄呢？"赵永生靠近小罗说："小罗，咱们还是应该多想想怎么完
成任务，少想想当英雄。"

让赵大娘给咱们做顿炒年糕吃。"

　　三连长听到了小罗的话，连忙转过头来对他们俩说："哎，可别
忘了我呀！"

　　小罗点点头，对三连长说："嗯！忘不了。"

　　小罗扶着赵永生的胳膊，接着说："吃饱了，你戴上英雄章，咱
们扶着赵大娘，一块到上海最高的楼上看，看一看全上海。"

　　听小罗说完，赵永生又笑着问："那以后呢？"

　　小罗听后，激动地说："以后我就天天站在那座楼上，保卫着大
上海。"

　　"说得对呀！"随着话音望去，原来是方军长和肖师长走了过来。

　　方军长来到小罗的面前，拍了拍小罗的肩膀说："唉，这才像个
解放军的样呢。"

　　三连长来到了军长的面前，敬了一个标准的军礼，喊道：

☆小罗手托着下巴自语道："我什么都想。"他突然转回头来对赵永生说："班长,这回咱们回到家,让赵大娘给咱们做顿炒年糕吃,吃饱了,你戴上英雄章,咱们扶着赵大娘,一块到上海最高的楼上去,看一看全上海。"赵永生又问他："以后呢? …以后我就天天站在那座楼上,保卫着大上海。"

"军长!"

方军长握着三连长的手,说:"你好。"

方军长来到了赵永生的面前。赵永生立刻敬了一个标准的军礼:"军长!"

方军长看着他问:"我们的战斗英雄,看到你的家了吧?"

赵永生笑着说:"快了,就要看到了。"

方军长接着对赵永生嘱咐道:"打完了仗啊,一定要回家去看看你的英雄妈妈。"

肖师长也走过来,对赵永生关切地说:"好好打扮打扮,戴上你的英雄奖章,拿出胜利者的神气来,让妈妈高兴高兴。"

赵永生说:"是啊。"

方军长接着问:"你家住在……"

☆"说的对呀!"随着话音望去,原来是军长和肖师长走了过来。军长走到赵永生面前问道:"我们的战斗英雄,看到你的家了吧?打完了仗啊,一定要回家去看看你的英雄妈妈。"肖师长也说:"好好打扮打扮,戴上你的英雄奖章,拿出胜利者的神气来,让妈妈高兴高兴。"

没等方军长把话问完,小罗赶紧插话道:"杨树浦平凉路。"

方军长听罢,转身看着小罗,微笑着说:"哦,你倒记得很清楚。"说完,他就呵呵地笑了起来。

方军长转过身来,看着赵永生接着说:"那可是个工厂区啊!"

"军长……"赵永生望着远方,若有所思地问军长:"我担心咱们这个仗了怎么个打法。"

肖师长一听,拍了一下赵永生的肩膀,马上插话道:"哦,我们的大英雄,到了家门口倒没有办法了?"

赵永生听了以后,接着说:"不是,师长,我是在上海长大的,这里的工厂区和工人们住的小阁楼,可吃不住一炮啊。"话音未落,身后传来巨大的爆炸声,他们赶紧转身望去。

赵永生转过身来,接着说:"再说,人那么密,家靠家,楼挨楼,一个炮弹下去,就是一堆破砖烂瓦一汪血啊!"

方军长听说，点点头，说："是啊，要消灭敌人，又要保全上海，这个仗不容易打呀。"

☆"军长……"赵永生望着远方，若有所思地问军长："我担心咱们这个仗可怎么个打法，我是在上海长大的，这里的工厂区和工人住的小阁楼，可吃不住一炮啊，一个炮弹下去，就是一堆破砖烂瓦一汪血啊！"军长说："是啊，要消灭敌人，又要保全上海，这个仗不容易打呀。"

见远处的炮声不断，肖师长朝前走了几步，举起望远镜朝着前方的阵地上看着。

小罗转过身来，看着方军长问："军长，那咱们不会不开炮吗?"

三连长听了，看着小罗问："可敌人要是破坏呢?"

小罗一时陷入了沉思，不知道如何回答是好。

军长笑着回答说："那让敌人也听我们的命令。"

小罗听了以后，高兴地说："嗯，对了。"

方军长接着说："光靠我们去打是很难保全上海的，我们应该紧紧依靠上海市的 600 万人民和上海的地下党。"

☆小罗问军长："那咱不会不开炮吗？"三连长也问："那敌
人要是破坏呢？"军长笑着回答说："让敌人也听我们的
命令，光靠我们去打是很难保全上海的，我们应该紧紧
依靠上海市的 600 万人民和上海的地下党。"

军长转身朝着大上海望着，接着说："我们的敌人不只是国民党
反动派，还有在背后撑腰的美帝国主义。"

☆军长又说："我们的敌人不只是国民党反动派，还有在
背后撑腰的美帝国主义。"

第四章

汤云浦加紧部署

此刻，汤云浦正乘一辆灰色的小汽车，在四辆摩托车的护卫下，从岗哨森严的司令部大门里驶出，在美国音乐的伴奏下驶过苏州河，穿过外国洋行矗立的大街，径直向外滩驶去。

　　汤云浦在车里看到军用码头上堆积如山的弹药武器和黄浦江内停泊着的美帝军舰时，精神焕发的微笑着、轻轻地点着头。不过，当他看到在另一处码头上拥塞着满载着大包小裹、皮箱家具的各式小卧车，阔老们、妖艳娇气的太太小姐们，在挣抢上船逃命的景象，和堆积着"运往台湾"、"运往香港"的大木箱时，又苦恼地叹了口气、闭上了眼睛。

　　附近的扩音器里传出了像呻吟似的女广播员的声音，"诸位同胞，紧急动员起来，在汤司令贤明领导下，有钱的出钱，有力的出力，同舟共济，全力抗匪，只有拼命才能保命，只有破产才能保产……"

　　汤云浦的小汽车在美国领事馆的大门前停住，汤云浦的随从拉开车门探进头去低声的报告着："太太和财产已安抵台湾，请钧座宽心。"

　　汤云浦满意地看了随从一眼，吃力地钻出了门口，向领事馆内走去。

　　领事馆内的一幢豪华的房子里，摆满了中国的古玩、字画和美国的、中国的、上海市的大地图，正面的墙上还嵌着天主雕像，肥胖的领事正眯着眼睛，深陷在沙发里，嘴里刁着雪茄烟在沉思着。

　　舰长把视线从美国地图上移到领事脸上问着："领事先生！要是白宫的命令不来呢？"

领事喷出了浓浓的一口烟雾后睁开了眼睛低沉地回答："我想，为了我们在华的侨民，为了这座上帝赐予的乐园，这命令不会不来的！"

舰长走近领事，拿起了一根雪茄点着后说："你认为，我们不插手，这帮废物能守住上海吗？"

"可也绝不准他把这座城市完完整整的送给共产党！"领事喝了一口咖啡后又继续说，"你的舰队，不是还停在黄浦江吗！"

见汤云浦走进来了，领事连忙上前和汤云浦热情地握手道："我的老朋友，在这样的时候见到你我真高兴。"

☆美国驻上海领事馆。领事和来访的汤云浦热情地握手道："我的老朋友，在这样的时候见到你我真高兴。"汤云浦回答说："我也非常高兴见到阁下，为了表示我们两国的友谊，我为阁下带来一件小小的礼物。"

汤云浦回答说："我也非常高兴见到阁下。"

舰长也上前和汤云浦握手道："欢迎你，将军阁下。"

领事对汤云浦做了一个请坐的手势，说："请！"

汤云浦转身坐下，示意后面的随从把东西给搬过来，并对领事说："为了表示我们两国的友谊，我给阁下带来一件小小的礼物。"

美国领事听了以后，惊讶地说："哦?"这时汤云浦转身打开一个用红纸包着的盒子，里面是一尊关公的雕像。

汤云浦指着雕像对美国领事介绍道："这是财神，也是胜利之神。"

☆汤云浦打开一个用红纸包着的盒子，里面是一尊雕像。汤云浦介绍说："这是财神，也是胜利之神。"

"啊!"美国领事看着这尊财神像惊叹不已："太好了，一手拿着武器，一手抓着黄金，这太有意思了，哎呀呀呀!"

领事接过雕像交给了身边的工作人员，又和汤云浦握着手，说："多谢你老朋友，你知道我是最喜欢中国古玩的，你看，我这间房子都快变成博物馆了。"说完，他就哈哈大笑了起来。

随后领事接着问道："快谈谈吧，老朋友，用中国话说，你是无事不登三宝殿。"没等汤云浦回答，领事指着他身后的沙发说："请!"

等坐下来，汤云浦苦笑了一下，这才回答："我不说你也明白，共军已经三面包围了上海。"

很快，领事馆的工作人员给他们俩送来了茶水。

领事打断了汤云浦的话，摆了摆手说："这并不可怕，老朋友。

☆"啊!"美国领事看着这尊财神像惊叹不已:"太好了,一手拿着武器,一手抓着黄金,这太有意思了,哎呀呀呀!"领事接过雕像交给工作人员,又和汤云浦握手说:"多谢你老朋友,你知道我是最喜欢中国古玩的,你看,我这间房子都快变成博物馆了。"说完哈哈大笑起来。

请原谅我的直率,最可怕的倒是你们二十几万军队的灵魂,叫共军给四面包围啦!"

"不全是这样,领事先生!"汤云浦瞟了领事一眼,"在二十二年前,我们在盟国朋友的帮助下,胜利就是从这里开始的。"

领事不以为然地说:"那是历史啦,还是多想想今天吧,我的朋友!"

汤云浦继续申辩着:"在今天来回忆过去的历史,你不认为正是最好的时机吗?"

"唔哼——确是时机,"领事显得有些不耐烦地说,"这都怪你们对共产党太客气了,过去,你们错过了好多机会。二十二年的时间,六十亿美元都完蛋啦!共产党呢?"他起来走向窗口向外看着。

从领事的话里,能听出来,对以前的支持,看到今天的结果,他们是不高兴的。汤云浦接过领事的话说:"失败乃成功之母,要是贵国能趁此千钧一发之际公开出面,我想二十二年前的历史将会重演。"

☆领事请汤云浦坐下来问道:"快谈谈吧,老朋友,用中国话说,你
是无事不登三宝殿。"汤云浦回答说:"我不说你也明白,共军已经
三面包围了上海。"领事摆摆手说:"这并不可怕,老朋友,请原谅
我的直率,这都怪你们对共产党太客气了,过去,你们错过了好多
机会,22年的时间,60亿美元。"

领事吸着烟,喷着浓浓的烟雾,对汤云浦说:"希望和事实总是
有距离的。"

汤云浦听了以后,从领事的话的意思中能明显地感到他们不是
很愿意这次出手相助,就有点不大高兴地说:"我们大家都很清楚,
要是共军占领了上海,遭到最大不幸的并不止是我们。"

听汤云浦这么一说,领事的脸上明显地出现了对汤云浦的不满,
只见他一脸不好看地看着汤云浦说:"那将是整个自由世界最大的灾
难,我们美国人决不允许共产主义无止境地蔓延,必要的时候,我
们甚至不惜牺牲美国军人高贵的生命。可是,老朋友,时间……"
领事说完,摊开了双手,表现出无可奈何的样子,接着站了起来,
叹了一口气,走向了一边。

汤云浦也赶紧站了起来,满怀信心地对领事说:"时间的车轮还

☆汤云浦接过领事的话说："失败乃成功之母，要是贵国能趁此千钧一发之际公开出面，我想22年前的历史将会重演。"领事吸着烟，喷着浓浓的烟雾，对汤云浦说："希望和事实总是有距离的。"汤云浦不太高兴地说："我们大家都很清楚，要是共军占领了上海，遭到最大不幸的并不止是我们。"

☆领事不满地看着汤云浦说："那将是整个自由世界最大的灾难，我们美国人决不允许共产主义势力无止境地蔓延，必要的时候，我们甚至不惜牺牲美国军人高贵的生命。可是，老朋友，时间……"领事说完站起来摊开了双手，表现出无可奈何的样子。

握在我们手里，上海的防御工事经过日本、盟邦和我们几次修建，纵深三十多里，一万五千多个碉堡，三四百辆坦克，七八百门大炮，再加上近三十万训练有素的军队，这就足够共产党啃半年的。这一点，请你放心吧！"

☆汤云浦也站起来，满怀信心地说："时间的车轮还握在我们手里，上海的防御工事经过日本、盟邦和我们几次修建，纵深三十多里，一万五千多个碉堡，三四百辆坦克，七八百门大炮，再加上近三十万训练有素的军队，这就足够共产党啃半年的。"

领事听了以后，面对着他面前的地球仪嘿嘿地笑了起来，随后转过身来，对着汤云浦说："半年，一百八十天，谢谢！"他一边说着，一边走到了汤云浦的面前。汤云浦对他点点头。领事拉住汤云浦的胳膊，接着说："你们只要能守住上海，能给我们时间，我们美国人就会像忠实于上帝一样，忠实于自己的诺言。"

汤云浦听了领事说的话以后，连忙向领事鞠躬道："谢谢你老朋友，我军全体将士，早已抱定决心，战至一兵一卒，绝不放弃上海。"

领事听完汤云浦的话，煞有介事地对身边的舰长命令道："杰姆

☆领事嘿嘿地笑着，转过身来对汤云浦说："半年，180天，你们只要
　能守住上海，能给我们时间，我们美国人就会像忠实于上帝一样，
　忠实于自己的诺言。"汤云浦向领事鞠躬道："谢谢你老朋友，我军
　全体将士，早已抱定决心，战至一兵一卒，决不放弃上海。"

斯上校，命令舰队人员作好战斗准备。"

杰姆斯上校立即站了起来，点了点头说："是。"

听领事给杰姆斯上校布置完任务，汤云浦赶紧对领事感激地说：
"谢谢你！"

随后领事又对准备告辞的汤云浦说："只要你们能守住上海，历
史的车轮就会按照我们的意志转动。"

等领事说完，汤云浦点点头，伸出手来，给领事说："再见！"
汤云浦又和其他人员一一握手告别。

领馆的服务人员给汤云浦送来了军帽，领事亲自送汤云浦出门。

回到领事馆的办公室，杰姆斯上校转起了跟前的地球仪，意味
深长地问领事："必要时，黄浦江上的舰队……"

没等杰姆斯上校把话说完，领事就打断了他的话，说："上校？
请不要忘记英吉利王国紫石英号军舰的教训，同共产党打仗，

☆领事听完汤云浦的话，煞有其事的命令海军上校道："命令舰队人员做好战斗准备。"随后又对准备告辞的汤云浦说："只要你们能守住上海，历史的车轮就会按照我们的意志转动。"说完送汤云浦离去。

☆领事送走汤云浦，走进来命令道："立刻通知我国侨民，必须在3日内撤离上海，命令舰队撤至吴淞口外待命。"海军上校忙问道："将军阁下，这岂不是对他们最大的威胁吗？"领事坚定地回答："不！最大的威胁是从三面包围上来的共产党，再向华盛顿发报，请示行动指示。"

哼! ……立刻通知我国侨民，必须在 3 日之内撤离上海，命令舰队撤至吴淞口外待命。"

杰姆斯上校听了以后有一些不解地问："将军阁下，这岂不是对他们最大的威胁吗？"

领事坚定地回答："不！最大的威胁是从三面包围上来的共产党，再向华盛顿发报，请示行动指示。"

邵庄军部指挥室内，乍一看像个阔绰的家庭，美制收音机里轻声的唱着美国的歌曲。屋内所有的沙发、桌椅、地图台子、电话机、花瓶、天主雕像及一切用具全系美国货，墙上挂着油画和一张邵庄与一群美军官的合照。

汤云浦来到了邵庄的军部指挥所，走进了指挥所，看了看四周以后，对邵庄说："看起来，你这儿还算平静。"

邵庄身着美国军官学校的制服，油头粉面，神气十足地向汤云

☆汤云浦来到邵庄的军部指挥所，邵庄身着美国军官学校的军服，油头粉面，神气十足地向汤云浦报告："总座，根据今天早晨的情报，在共军的阵地上，除少量的部队调动外，没有其它变化。"随后邵庄的副官向汤云浦介绍了他们的兵力部署情况。

浦报告："总座，根据今天早晨的情报，在共军的阵地上，除少量的部队调动外，没有其他变化。"

汤云浦听了以后，提醒道："那是大战前的平静。没多久啦！"

邵庄接着说："总座，请允许我报告我的部署情况。"

汤云浦说："讲吧，老弟。"

邵庄的女秘书赶紧过来把帷幔拉开，露出了一张上海地区的大地图。

邵庄的副官走上前，拿着指挥棒指着地图说："从西面来到泗泾镇一线阵地上，有 173 师和 175 师各两个团防守，二线阵地上我军的 174 师和第五纵队，后盘对我军的右翼……"

汤云浦打断了副官的话，又对邵庄提醒道："老弟啊，你必须记住，共军一贯的战术是突破弱点震撼全线。"

邵庄听了以后，立正说："请总座放心，我可以让周围二十里地

☆汤云浦打断了副官的话，对邵庄说："老弟呀，你必须记住，共军一贯的战术是突破弱点震撼全线。"邵庄立正说："请总座放心，我可以让周围20里地之内，立即变成一片火海，在我邵庄的阵地上，永远不会出现共军进攻的道路。"

之内，立即变成一片火海。用我的火海战术对付共军的人海战术，共军能冲垮我邵庄的阵地，除非它丢下原子弹来！我相信，在我邵庄的阵地上，永远不会出现共军进攻的道路。"

汤云浦这时候站起来走到邵庄的面前，用手拍着他的肩膀说："老弟，这我完全相信共军不会先来碰你这硬钉子。不过共军狡猾，不可大意。西南防线的重担我就放在老弟肩上了，还望老弟多加小心。"

说完，汤云浦又忧虑地说道："在你右翼的刘义，是西南防线中最薄弱的一环，我真担心他能不能守住。"

☆汤云浦站起身走到邵庄面前，用手拍着他的肩膀说："老弟，这我完全相信，不过共军狡猾，不可大意，西南防线的重担我就放在老弟的肩上了，还望老弟多加小心。"说完，汤云浦又忧虑地说道："在你右翼的刘义，是西南防线中最薄弱的一环，我真担心他能不能守住。"

邵庄吐了一口烟，一脸鄙夷地说："可共军从来也没捉住这条老狐狸。"

在刘义的指挥所，摆设着一些老式的桌椅和一张磨破了的沙发，半旧的地图挂在墙上，透过窗洞望去，他的阵地上，河流纵横，地形起伏，交通沟错综复杂，层层的鹿砦，密密的铁丝网和经过伪装的地堡群，阵地上大炮坦克却是了了无几，更看不到车辆和士兵的走动。

刘义这个年过半百的老军阀，虽已弓背曲腰，苍老力衰，头发杂乱，满脸愁纹，肌肉松驰，但从他的眼睛里可以看出他是一个狡猾多谋的老狐狸。刘义手里拿着放大镜，俯身看完地图，对走过来的副官命令道："当共军开始攻击第一线的时候，命令第二线部队撤至市区。"

副官听了以后，有一些不解地问："是给第一线让出退路吗？"

刘义没有回答，接着说："当共军在左右邻阵地受挫时，立即命令部队乘胜出击。"

☆在刘义的指挥所里，刘义俯身看完地图，对走过来的副官命令道："当共军开始攻击第一线的时候，命令第二线部队撤至市区。"副官问："给第一线让出退路吗？"刘义没有回答，接着说："当共军在左右邻阵地受挫时，立即命令部队乘胜出击。"

在邵庄的指挥所，听完汤云浦对刘义担心，邵庄漫不经心地对汤云浦说："当刘义这条老狗撑不住的时候，我可以拉他一把。"

汤云浦笑了笑，慎重地提醒说："那就晚了，老弟，你要立即把

他的二道防线接手过来，掐住他的退路，逼着他跟共军死拼，当共军向他进攻的时候，你可以用重炮和坦克支援他，等共军成了强弩之末，你再乘机出动。"汤云浦一边说着，一边用一只手在地图上作了一个侧翼出击的动作。

☆在邵庄的指挥所，邵庄对汤云浦说："当老狗撑不住的时候，我可以拉他一把。"汤云浦笑笑说："那就晚了，老弟，你要立即把他的二道防线接手过来，掐住他的退路，逼着他跟共军死拼，当共军向他进攻的时候，你可以用重炮和坦克支援他，等共军成了强弩之末，你再趁机出动。"

邵庄这才完全明白了汤云浦的意思。他对汤云浦佩服至极，瞅着地图嚷着："贤明，贤明……"

第五章

出其不意寻弱点

我军的指挥所设在郊外的一间民房里，政委正在拿着放大镜仔细地查看着上海地图，身边放着一大堆文件和前线指挥部的命令。

☆我军的指挥所设在郊外一间民房里，政委正拿着放大镜仔细地查看着上海地图。

　　肖师长兴高采烈地走进来，叫道："政委！"
　　政委忙站起来，握住肖师长的手说："老肖！"
　　肖师长随后问："命令来了吗？"
　　政委把桌子上的命令拿起来，递给他说："来啦！"

　　肖师长从政委的手里接过命令，一边看一边念道："迅速突破守敌西南外围防线，好！"

　　肖师长脸上立刻眉飞色舞起来，他兴奋地对政委说："那我们师的前面，正巧就是刘义这个老军阀，这是敌人西南防线中的弱点，这回主攻任务又落到我们师的手里了。"

　　☆肖师长兴高采烈地走进来，从政委手里接过命令，一边看一边念："迅速突破守敌西南外围防线，好！"肖师长脸上立刻眉飞色舞起来，他兴奋地对政委说："那我们师的前面，正好就是刘义这个老军阀，这是敌人西南防线中的弱点，这回主攻任务又落到我们师的手里了。"

　　政委看着肖师长兴奋的样子，笑着说："太肯定点了吧？究竟先打哪个，从哪突破，一会儿要在党委会上研究。"

　　肖师长说："事实上早就确定了，摆在我们面前的有两个敌人，一个是蒋介石的嫡系邵庄，一个是破落户刘义，两个一比较，当然刘义是弱点。"

　　"不！"方军长脚还没有跨进门，就大声地否定了肖师长的观点，

☆政委笑着说："太肯定点了吧？究竟先打哪个，从哪突破，一会要在党委
　会上研究。"肖师长说："事实上早就确定了，摆在我们面前的有两个敌
　人，一个是蒋介石的嫡系邵庄，一个是破落户刘义，两个一比较，当然
　刘义是弱点。"

接着说："我们选择的弱点不是刘义，你猜错了。"方军长站在门口
把自己身上的军大衣和军帽拿下来，递给身后的警卫员。

　"不是刘义？"肖师长转过身来看到军长满身泥浆的样子，把要
说的话又咽下去了。

　方军长接过政委递过来的一缸子开水时说："和我们估计的情况
基本一致。"

　肖师长看着军长连忙问："那么说是邵庄？"

　方军长点了点头说："嗯！"

　警卫员给军长端来了洗脸水，对方军长说："首长，洗脸吧。"

　方军长喝了一口水，把水杯放在桌子上，对警卫员说："嗯。我

☆"不!"军长脚还没跨进门,就大声否定了肖师长的观点:"我们选择的弱
点不是刘义,你猜错了。"肖师长忙问:"那么说是邵庄?"军长一边脱着
大衣一边坚定地回答他:"是!"

这就来。"

　　肖师长把桌子上的命令拿起来仔细地看了看,不解地站起身来
问道:"把蒋军嫡系邵庄当成弱点?"

　　政委笑着说:"命令上也没规定邵庄不是弱点啊。"

　　肖师长说:"他可是上海守敌的主力,彻头彻尾的美械化的装
备啊!"

　　方军长仍在整理着衣服,风趣地说:"今天我们不也是美械化了
吗!决定一个部队战斗力的强弱,不是武器……"

　　肖师长想了想说:"是人,这一点我知道,他的人也全是经过美
国训练的。"

　　方军长笑着说:"不错,给我们训练出一支标准的运输大队来,

我们部队的许多装备不都是他们给送来的吗?"

　　政委插了一句:"连你腰里的美式左轮枪不也是吗?"

　　三人哈哈大笑起来。

　　政委笑着对肖师长说:"这叫敌人给我们准备好了消灭敌人的条件!怎么?你是怕吃不掉他?"

☆肖师长不解地站起身问道:"把蒋军嫡系邵庄当成弱点?"政委反问他:"怎么?你是怕吃不掉他?"肖师长信心十足地回答:"不!只要我们集中力量打哪一个,哪一个就剩不下。我是说我们应该考虑一下部队的伤亡大小问题,邵庄的坦克大炮要比刘义多四五倍。"

　　肖师长看着政委信心十足地回答:"不!只要我们集中力量打哪一个,哪一个就剩不下。我是说我们应该考虑一下部队的伤亡大小问题。邵庄的坦克大炮要比刘义多四五倍。"

　　方军长一边洗脸一边对肖师长说:"要是我们首先集中全军的炮火,来一个突然袭击,把邵庄的坦克大炮砸成碎铜烂铁呢?"

　　还没等肖师长答话,门口传来炮兵团长的声音:"这我同意。"

☆军长一边洗脸一边对肖师长说："要是我们首先集中全军的炮火，来一个突然袭击，把邵庄的坦克大炮砸成碎铜烂铁呢。"

☆还没等肖师长答话，门口传来炮兵团长的声音："这我同意。"炮兵团长敬礼后走到军长面前说："放心吧军长，保证在 20 分钟以内把敌人的坦克大炮砸它个稀巴烂，说真的，我们就担心炮弹打不完呀。"说完和军长一块哈哈大笑起来。

炮兵团长敬礼后走到军长的面前说："放心吧军长，保证在二十分钟以内把敌人的坦克大炮砸它个稀巴烂。说真的，我们就担心炮弹打不完呀。"

方军长听了以后，看着炮兵团长惊讶地说："哦？"

说完，俩人哈哈大笑了起来。

政委和肖师长见炮兵团长来了，也从屋子里走了出来，和炮兵团长握手。

政委看着炮兵团长先问："老炮，怎么你这回也大方起来了？"

炮兵团长一直是很"抠门"，很爱惜自己的大炮，见政委这么说自己，炮团长这时赶紧解释说："我的政委同志，我这叫好钢用在刀刃上。蒋介石送给咱这么多炮弹，解放上海不用那到什么时候用啊？"

☆政委和肖师长走过来和炮团长握手，政委问他："老炮，怎么你这回也大方起来了？"炮团长说："好我的政委同志，这叫好钢用在刀刃上，蒋介石送给咱这么多炮弹，解放上海不用那到什么时候用啊？"说完大家又笑起来。

说完，大家又大笑了起来。

军长这时已经洗完了脸，对着大家招呼道："里边坐吧。"

随后，大家就朝着屋里走去，来到桌子旁。

方军长叮嘱炮兵团长说："准确地讲，你的炮弹必须用在外围，用在邵庄的身上。"

说完，方军长拿起了桌子上的一盒烟，正要打算抽根烟。

炮团长点点头，明白了军长的意思。

政委看着炮团长接着说道："邵庄仗着自己是嫡系，横行霸道，目空一切，把自己给孤立起来了，我们打他刘义是不会支援的。"

☆军长招呼大家进屋，对炮团长说："准确的讲，你的炮弹必须用在外围，用在邵庄的身上。"政委接着说："邵庄仗着自己是嫡系，横行霸道，目空一切，把自己给孤立起来了，我们打他刘义是不会支援的。"

政委接着说："相反的，如果我们先打刘义，邵庄必然会全力支援刘义，这样刘义的力量就增加了一倍，就由弱转化为强。"

方军长一边擦脸，一边接着政委的话说："对！论起挨打的本领来，刘义是一只老狐狸，邵庄那只是一个狼羔子。"

☆政委又说："相反的，如果我们先打刘义，邵庄必然会全力支援刘义，这样刘义的力量就增加了一倍，就由弱转化为强。"军长接着政委的话说："对！论起挨打的本领来，刘义是只老狐狸，邵庄那只是个狼羔子。"

方军长说完，打开桌子上的地图，把地图上的文件、烟卷、铅笔等推开，用两个拳头比划着说："你们来看，我们的西线兵团，沿京沪线东进直插宝山，卡住吴淞口。东线兵团沿黄浦江东岸向北挺进，直插高桥镇，卡住敌人的退路，迫使敌人不攻自溃。我们军所指挥的五个师，负责由四星、旗宝、洪桥、荣华一带攻打市区。"

方军长指着地图接着说："前线指挥部命令我们，一定要把上海这座近代的城市，完完整整的从敌人手中夺过来交给人民。因此，为了保全上海这座近代化的工业城市，防止敌人的破坏，我们所考

红色经典电影阅读
Hong Se Jing Dian Dian Ying Yue Du

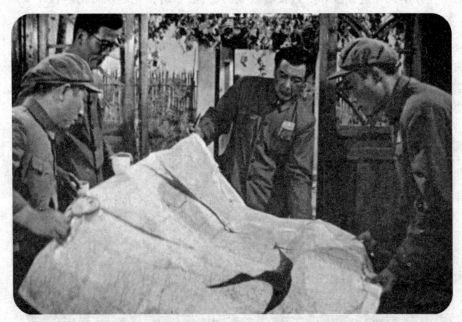

☆军长说完打开桌上的地图说："你们来看，我们的西线兵团，沿京沪路东进直插宝山，卡住吴淞口。东线兵团沿黄浦江东岸向北挺进，直插高桥镇，卡住敌人的退路，迫使敌人不攻自溃。我们军所指挥的五个师，负责由四星、旗宝、洪桥、荣华一带攻打市区。"

虑的不是能不能突破外围，而是一定要设法把敌人的主力邵庄，这个执行破坏城市命令最坚决的敌人，消灭在外围，这就不仅打的是弱点，而且打的是要害。"

等方军长把话说完，政委接着说："敌人可把邵庄当成了台柱子，我们打垮了邵庄，也就吓倒了刘义。"

肖师长听完方军长和政委的部署，仔细地看着桌子上的地图，忽然明白过来了，高兴地说："对！对呀！"

随后他抬起头来，目光坚定看着方军长和政委，诚恳地说："首长，把主攻任务交给我们师吧。"肖师长一边说着，一边转身拿起一摞纸给大家看："你们看，这是战士们的决心书。"

☆军长指着地图接着说："前线指挥部命令我们，一定要把上海这座近代的城市，完完整整的从敌人手中夺过来交给人民。因此，为了保全上海这座近代化的工业城市，防止敌人的破坏，我们所考虑的不是能不能突破外围，而是一定要设法把敌人的主力邵庄，这个执行破坏城市命令最坚决的敌人，消灭在外围，这就不仅打的是弱点，而且打的是要害。"

☆政委插话说："敌人可把邵庄当成了台柱子，我们打垮了邵庄，也就吓倒了刘义。"

☆肖师长听完首长的部署，高兴地说："对！对呀！首长，把主攻任务交给
我们师吧。"说完肖师长转身拿起一摞纸给大家看："你们看，这是战士
们的决心书。"政委回答说："等党委会研究了以后，再确定吧。"肖师长
听了急切地说："全师的同志们都眼巴巴地等着呢，可别伤了战士们的心
呢。"军长指着他说："只要是你不伤心就行了。"说完大家又大笑起来。

　　政委将战士们的决心书接了过去，认真地对肖师长说："等党委
会研究了以后，再确定吧。"

　　肖师长见政委没有明确地回答自己，就着急地说："全师的同志
们都眼巴巴地等着呢，可别伤了战士们的心哪。"

　　方军长听了以后，拿着手里的烟锅对肖师长说："只要是你不伤
心就行了。"

　　说完大家又大笑了起来。

第六章

突袭邵庄获成功

解放上海的外围战开始了，5 月 13 日，东、西两个兵团，像两只巨大的铁拳，向浦东和吴淞口的守敌不停的捶击着。

　　5 月 15 日的拂晓，在上海市的西南郊区四处一片宁静。晨雾漫游在稻田上、竹林里和油菜花间。战士们在战壕里严阵以待，大炮的炮口像一只只拳头指向敌人，只等待着进攻的命令。

☆解放上海的外围战就要开始了，5 月 15 日拂晓，上海市的西南郊区一片
　宁静，晨雾漫游在稻田上、竹林里和油菜花间，战士们在战壕里严阵以
　待，大炮的炮口像一只只拳头指向敌人，只等待着进攻的命令。

炮兵团长手里拿着电话话机看着表，一旁的一个战士手里正在调着望远镜，朝着前方敌人的阵地上仔细地观察着。

周围的炮兵团的战士们都在盯着前方看着，都准备好了，等待着团长下令了。

在炮兵团的不远处是肖师长带领的战士们。肖师长正站在前沿阵地上，目不转睛地盯着腕上的手表，也和炮兵团一样，焦急地等待着首长的命令。

☆肖师长站在前沿阵地上，目不转睛地看着手表，焦急地等待着。

方军长和政委此时正在办公室里，仔细地看着桌子上的地图。军部参谋手按在电话耳机上看着方军长和政委："首长！"

方军长朝着自己腕上的手表看了看，随后抬起了头看了看政委，政委会意地点点头。方军长转身对着身边的参谋说："开始吧。"

参谋立刻拿起了电话耳机，冲着对方大声地喊道："开始！"

随着一声令下，我军密集的炮群立时吼叫起来，炮兵们不停地挥着拳头高喊着："放！放！"炮兵战士不停地挥着拳头高喊着，阵地上"齐放"、"联放"的喊声连成一片。烟雾里闪动着窜来窜去的人影……

☆随着军长的一声令下，我军密集的炮群立时吼叫起来，炮兵们不停地挥着拳头高喊着："放！放！"

☆敌人阵地上的碉堡瞬间被炸成灰烬。

敌人阵地上的碉堡瞬间被炸成灰烬。

敌人的大炮和坦克也被炸成了碎铜烂铁，硝烟中敌人在四处逃窜。

☆敌人的大炮和坦克也被炸成了碎铜烂铁，硝烟中敌人在四处逃窜。

此时，邵庄的指挥室内，已经乱成了一团。一片急促的电话铃声，密集的炮声在窗外响着，窗上的玻璃被震碎，屋顶上不住的往下掉着土，墙上的照片、天主雕像歪斜着。

邵庄的参谋长在轮番不停地接听着电话。

"别急，别急，会把共军的炮火压住，马上，马上。"

"炮团！炮团！炮团！……"

"好的，好的，我们的坦克马上出动，马上……"

"坦克团！坦克团！坦克团……他妈的，这王八蛋钻到那去啦！炮团，炮团，坦克团，坦克……"

邵庄满身尘土地闯了进来。他怒气冲冲地把军帽向桌上一摔，大声地嚷叫着："不要叫啦，不要叫！都他妈的死光啦！"

☆此时，邵庄的指挥部里已经乱成一团，打电话的喊叫声响成一片。
邵庄气急败坏地高喊道："不要叫了，不要叫！都死光了！"室内顿
时安静下来。邵庄走过来接电话，声嘶力竭地喊道："你要守住！
守住！丢了阵地我吃了你！"说完把电话听筒摔在桌上。

听到邵庄的命令，室内立刻安静了下来。

邵庄走过来接电话，电话里的声音："快把共军的炮火压住，
快！快快！"

邵庄抓起耳机，声嘶力竭地喊道："我是邵庄！我命令你要守
住！守住！丢了阵地，我吃了你！"说完，他把电话听筒摔到了桌
子上。

恰在此时，敌中校坦克团长头上、胳膊上包着绷带，满身是血、
跌跌撞撞地走进来。

他站在门口，上气不接下气地看着邵庄喊道："报告！"

邵庄看到一脸狼狈样的坦克团长，不由得心中一愣。邵庄气得
把自己手里的手杖给摔在地上，走上前，双手抓住他的衣领，大声
地问："你！你！你的部队呢？你的坦克呢？"

指挥部的其他人都一声不吭地看着。坦克团长浑身发抖地答道：

☆这时，敌中校坦克团长头上、胳膊上包着绷带，满身是血的跌跌撞撞地走进来。邵庄一见，气的摔掉手里的手杖，双手抓住他的衣领，大声地问他："你！你！你的部队呢？你的坦克呢？"中校浑身发抖地答道："都完了，共军炮火……"

"都完了，共军炮火……"

没等坦克团长把话说完，邵庄使劲地往外一推坦克团长，嘴里愤怒地骂道："混蛋！你！"

受了伤的坦克团长哪里能经得住邵庄这么一推，随即歪倒在了地上。

愤怒至极的邵庄随手从自己的腰间把自己的配枪给掏了出来，对着坦克团长就是两枪。坦克团长没有来得及解释什么，就这样被邵庄给打死了。

正在这时，正好有一个女秘书怀里抱着文件走过来，看到这个场面，顿时被吓得大叫了起来。

在我军的阵地上，司号员吹响了进攻的号声。听到号声的三连长一跃而起，大喊一声："冲啊！"

赵永生手里打着红旗冲在了队伍的最前面，人民解放军战士们

☆没等他说完，邵庄骂道："混蛋！你！"用力将他推倒在地。拔出手枪
　将他打死了，一个女秘书刚好走进来，看到这个场面被吓得大叫起来。

☆进攻的号声吹响了，我军阵地上三连长一跃而起，大喊一声："冲
　啊！"赵永生打着红旗跑在最前面，人民解放军战士们喊声震天，
　向洪水一样冲向敌人的阵地。

喊声震天，向洪水一样冲向了敌人的阵地。

邵庄完全没有想到解放军会首先向他发起进攻，此时的他已经像热锅上的蚂蚁，完全没有了以往的那种嚣张气焰。在这样的险境面前，就是再骄傲自大的人也会收敛起来的。邵庄现在也不知道该怎么办了？面对着强大攻势的已经进攻上来的人民解放军，手忙脚乱的邵庄此刻想到了狡猾的老狐狸——刘义。

于是他拿起电话开始向刘义请求支援："喂！喂！喂！刘军长，刘军长，共军冲上来了，请你赶快支援！由共军的侧翼迂回过去。"

☆邵庄完全没有想到解放军会首先向他发起进攻，此时他已像热锅上的蚂蚁，完全没有了以往的形象。他拿起电话向刘义求援："喂！喂！喂！刘军长，刘军长，共军冲上来了，请你赶快支援！由共军的侧翼迂回过去。"

在刘义的指挥所里，刘义清楚地看到了邵庄阵地被我军炮火攻击的全过程，也看到了我军已经开始发起了冲锋。他在心里还在庆幸没有向他首先发起进攻，要不然的话，此时着急忙慌的就是自己了。

此时的刘义非常平静地在接听着邵庄的电话。听邵庄这么着急，刘义慢条斯理地说："哎呀！老弟呀，我也被共军钳住了，抽不出兵了呀，我相信老弟足能挡住共军。"

说完，刘义就把电话给挂上了。

挂上了电话的刘义，转过身来，在房间里来回踱着步，自言自语道："怪呀，共军没有按汤云浦的指示行事呀？"

他一边思索着，一边来到了棋桌前，把手里的围棋往桌子上一放，随后命令副官："立刻命令前沿部队……"

☆刘义的指挥所里，刘义平静的在接听邵庄的电话，慢条斯理地说："老弟呀，我也被共军钳住了，抽不出兵了呀，我相信老弟足能挡住共军。"说完就把电话挂了。刘义自语道："怪呀，共军没按汤司令的指示行事呀？"随后他命令副官："立刻命令前沿部队，轻重机枪一起射击。"

副官此时手按着电话机问："马上撤退吗？"

刘义随后接着说："不！轻、重机枪一起射击。"

副官会意地拿起了耳机。

邵庄现在已经六神无主了，气愤与惊慌都让他的脸都扭变了原形。邵庄见刘义见死不救，将军帽摔在桌上，咬牙切齿的吼叫着："这个见死不救的杂牌老混蛋，走着瞧吧！"说完，他就朝着门外走去。

恰在此时，副官跑进来，正好迎面碰上了邵庄，就连忙报告说："军座，共军已经突破了第一道防线。"

邵庄听了以后，立刻冲他吼道："命令部队撤到二线死守，让老混蛋的侧翼暴露给共军。"他像只疯狗似的在屋子里转了一圈，把门一脚踢开走了出去。

☆邵庄气得甩掉了电话骂道："这个见死不救的老混蛋！"这时，副官跑进来报告说："军座，共军已经突破了第一道防线。"邵庄向他喊道："命令部队撤到二线死守，让老混蛋的侧翼露给共军。"

第七章

设巧计引蛇出洞

在我军的前沿阵地上，肖师长正在查看敌情，参谋长前来报告："报告师长，敌人已经放弃一线阵地，向后撤退了。"

肖师长听了以后，惊讶地说："什么？跑了？邵庄这个狼羔子比刘义跑得还快，命令部队停止进攻。"

参谋长听了以后，有一些不解地问："停止进攻？敌人正在撤退呀？"

☆在我军的前沿阵地上，肖师长正在查看敌情，参谋长前来报告："报告师长，敌人已经放弃一线阵地，向后撤退了。"肖师长说："什么？跑了？邵庄这个狼羔子比刘义跑得还快，命令部队停止进攻。"参谋长不解地问："停止进攻？敌人正在撤退呀？"肖师长告诉他："我知道，我们的任务不是把敌人赶跑，而是要把它消灭在外围。"

肖师长看着一脸疑惑的参谋长，耐心地给他解释道："我知道，我们的任务不是把敌人赶跑，而是要把它消灭在外围。"

参谋长听了以后，接着说："赶到市区也可以消灭啊？"

肖师长说："那就毁灭了城市。执行吧，同志。"

参谋长说："是。"

在三连的阵地上，战士们在忙着修工事，小罗将一个大沙袋放下，嘴里发着牢骚："刚追到劲头上，刹车了。"

赵永生也把一个大沙袋给放下了，看着一脸不满的小罗，于是耐心地向他解释道："这是战术需要，快搬吧。"

小罗听了他的解释，心中仍旧不满，就没有好气地说："什么战术需要，我不明白。"

赵永生接着又对小罗说："听话，按上级的指示做。"

☆在三连的阵地上，战士们在忙着修工事，小罗将一个大沙袋放下，发牢骚地说："刚追到劲头上，刹车了。"赵永生向他解释说："这是战术需要，快搬吧。""什么战术需要，我不明白。"赵永生又说："听话，按上级的指示做。"

三连长将搬的沙袋放下后，跳上工事对战士们喊着："同志们，准备敌人反冲锋。"

在军指挥部，政委正和肖师长在交谈着，他对肖师长的阵前指挥非常满意。政委说："这样做就对了。"

不过，肖师长对目前的战况还是忧心忡忡。他对政委说："可是我一直在担心敌人会不会出来，让我们牵着鼻子打。"

政委听了以后，看着肖师长分析道："汤云浦如果是个高明的军事家，看破了你张着口袋等着他，他是不会出来的，可是敌人究竟是敌人，为了挽救他垂死的命运，他非反扑不可，因为外围战的失利，将丧失了敌人最可贵的时间。"

☆在军指挥部，政委正在和肖师长交谈着，他对肖师长的阵前指挥非常满意，政委说："这样做就对了。"可肖师长还是忧心忡忡，他对政委说："可是我一直在担心敌人会不会出来，让我们牵着鼻子打。"政委说："汤云浦如果是个高明的军事家，看破了你张着口袋等着他，他是不会出来的，可是敌人究竟是敌人，为了挽救他垂死的命运，他非反扑不可，因为外围战的失利，将丧失了敌人最可贵的时间。"

在汤云浦的司令部里，邵庄又气愤又委屈地向汤云浦诉说着："为了保证反攻的势力，我暂时撤到二线防守，出人意料的是，为什么共军突然的把所有的炮弹都砸在我的头上，而刘义……"

☆在汤云浦的司令部里，邵庄又气氛又委屈地向汤司令诉说着："为了保证反攻的实力，我暂时撤到二线防守，出人意料的是，为什么共军突然把所有的炮弹都砸在我的头上，而刘义……"

汤云浦的脸一直朝着阴暗的窗外，他打断了邵庄的话："刘义还固守在阵地上，而你，要是因为你的行为引起全线溃退，丧失美国朋友所要的时间的话。"他转过身来冷冷地看着邵庄："别忘记总裁还在吴淞口。"

说完，汤云浦在办公室里来回踱着步。邵庄抬头看着墙上挂着的蒋介石的大幅画像，马上打起精神，立正报告说："请总座放心，天亮以后，我要是不能站在我的阵地上，我就躺在那。"

汤云浦压住了内心的恐惧与怒火，走近邵庄，严肃地命令道："不是天亮以后，而是马上。你必须记住，老弟，只有守住外围，上

☆汤云浦的脸一直朝着阴暗的窗外，他截断了邵庄的话说："刘义还固守在
　阵地上，而你，要是因为你的行为引起全线溃退，丧失美国朋友所要的
　时间的话。"他转过身来冷冷地看着邵庄："别忘记总裁可还在吴淞口。"

☆邵庄抬头看着墙上挂着的蒋介石的大幅画像，马上打起精神，立正报
　告说："请总座放心，天亮以后，我要是不能站在我的阵地上，我就
　躺在那。"

海才能坚守六个月，当前时间对我们比生命还可贵，我马上再拨一个重炮团给你。"

邵庄接受了命令，马上接着又问道："总座，你认为刘义……"

汤云浦打断他的话，严酷而低沉地说："我认为我们当前的敌人只有一个，那就是共产党。"

☆汤云浦命令他："不是天亮以后，而是马上。你必须记住，老弟，只有守住外围，上海才能坚守6个月，当前时间对我们比生命还可贵，我马上再拨一个重炮团给你。"邵庄接受了命令，又问道："总座，你认为刘义……"汤云浦打断他的话，严酷而低沉地说："我认为我们当前的敌人只有一个，那就是共产党。"

邵庄答应了一声"是。"，就立刻转身走了出去。

汤云浦苦恼地在屋里来回地踱着步，自言自语道："共军是佯攻还是实攻？"

正在这时，刘义进来了，走到了汤云浦的跟前，叫道："总座！"

汤云浦问他："子义兄，你看目前战局？"

☆汤云浦在屋里来回踱步，自言自语道："共军是佯攻还是实攻？"这时刘义进来，走到汤云浦跟前，汤云浦问他："子义兄，你看目前战局？"刘义回答说："共军既然放弃乘胜追击，其中必然有诈，依我之见，应该实施总座的第二方案，把外围部队全部撤至市区，凭借市内高楼大厦，和共军展开一楼一房的争夺，万万不可反扑。"

刘义回答说："共军既然放弃乘胜追击，其中必然有诈，依我之见，应该实施总座的第二方案，把外围部队全部撤至市区，凭借市内高楼大厦，和共军展开一楼一房的争夺，万万不可反扑。"

汤云浦听了以后，拍着刘义的肩膀说："子义兄言之有理，不过不能不看到，外围失利将使军心民心一蹶不振。美国朋友和总裁也不会答应我们这么做的。"

刘义无可奈何地摇了摇头，长叹了一口气。

正在这时，副官进来报告："邵军长已经开始全线反击了。"

邵庄开始反扑了，密集的炮火打向我军占领的阵地，赵永生和小罗守卫在战壕里，身边不时有炸弹爆炸，飞起来的土块落了小罗一身。

赵永生连忙挪到小罗身边，关切地问："怎么样，小罗？"

☆汤云浦拍着刘义的肩膀说："子义兄言之有理，不过不能不看到，外围失利将使军心民心一蹶不振，美国朋友和总裁也不会答应我们。"这时，副官进来报告说，邵军长已经开始全线反击了。

☆邵庄开始反扑了，密集的炮火打向我军占领的阵地，赵永生和小罗守卫在战壕里，身边不时有炸弹爆炸，飞起来的土块落了小罗一身。赵永生问："怎么样，小罗？"小罗拍了拍身上的土说："没啥，就是刚换的军装让兔崽子给弄脏了。""不要紧，等打完了仗，让妈妈给你洗的干干净净的。"又一颗炸弹飞来，两人赶紧卧倒。

小罗拍了拍身上的土说："没啥，就是刚换的军装让兔崽子给弄脏了。"

赵永生听了以后，忙说："不要紧，等打完仗了，让妈妈给你洗得干干净净的。"

正在这时，又有一颗炸弹飞了过来，两人赶紧卧倒。

三连长正在给肖师长挂着电话："敌人已经向我们发起了第五次反攻？"

肖师长在前沿指挥所接到三连长的报告，兴奋地说："什么？敌人全线反扑了？好哇！到底把敌人给引出来了，准备欢迎这群傻瓜，你们马上撤回原来阵地。对！对！对！……执行吧同志！"他放下耳机后嘴里还在不停地喊着："傻瓜！标准的傻瓜！"

战士们按照命令有条不紊地撤出阵地，把空荡荡的阵地留给了敌人。

☆肖师长在前沿指挥所接到三连长的报告，兴奋地说："什么？敌人全线反扑了？好哇！到底把敌人给引出来了，准备欢迎这群傻瓜，你们马上撤回原来阵地。"战士们按照命令有条不紊地撤出阵地，把空荡荡的阵地留给了敌人。

敌人夺回了阵地。在敌人的前沿阵地上，敌兵们有的在忙着搬沙袋，有的在忙着射击着。邵庄夺回了原来的阵地，非常得意，傲然地站在高处用望远镜瞭望着，随后他命令参谋长说："给老子发报，就说我已经站在我的前沿阵地上了。"

☆邵庄夺回了原来阵地，非常得意，傲然的站在高处用望远镜瞭望着，随后他命令参谋长说："给老子发报，就说我已经站在我的前沿阵地上了。"

上海的大街上挂满了小旗。巴队长，高高的个子，长长的脸，满嘴金牙，叼着烟卷，站在最前面的小车上，后面有一群特务、流氓簇拥着几辆大卡车。大卡车上站着一帮国民党军的官兵，每人的胸前挂着一片写有"英雄"字样的黄布条。车前高撑着一幅"庆祝上海外围战大捷"的大标语，车上车下的记者们不停地在拍照，"祝捷"行列的最前面有军乐开道，特务、流氓们摇着小旗，喊着"祝捷"口号，车上的舞女们向看热闹的市民们散发着"祝捷"传单。车上的一个女人在广播："国军将士在上海外围消灭共军主力三万多人……"

☆此时，上海的大街上在进行庆祝游行，一群特务和流氓簇拥着几辆
　大卡车，车上站着一帮蒋军的官兵每人胸前都挂着写有"英雄"的
　黄布条，车前高撑着一幅"庆祝上海外围战大捷"的大标语，车上
　车下的记者们不停地在拍照。队伍的最前列还有乐队开道。车上一
　个女人在广播："国军将士在上海外围消灭共军主力3万多人……"

　　有一个国民党的伤兵在人群中，他听到广播中说的话，生气地
说："吹牛，老子的腿就是让你们给吹掉的。"

　　人们走过，马路上留下了两行红红绿绿的传单，有几个伤兵，
从传单上走过。卖报的挤在人群中高声叫卖着："号外、号外，国军
外围战大捷，共军后退四十里""吴淞口稳如泰山，高桥镇共军
败北。"

　　街上，有军乐开道的"祝捷"行列，走到一处热闹的街口，忽
然从上空飞来一片传单，飘飘落下，看热闹的市民们都争抢着。传
单也落到游行的行列里，敌人抢来一看，传单内容："上海外围战蒋
匪军被歼三万""全市人民团结起来反对敌人破坏城市""蒋家王朝
的末日到啦""美帝滚出中国去"……在每张传单上都写着"上海市
人民保安总部"。

巴队长将手里的传单撕碎，然后狂吼着："有共产党！"他掏出
手枪向天空射击着："快给我抓共产党。"

☆当祝捷的车队走到一处热闹的街口，突然，从街道两侧的高楼上飘下来
  一片片传单，看热闹的市民都纷纷争抢着。传单也飘落到汽车上，站在
  汽车上的警察局巴队长拾起一张传单一看，顿时大惊失色，他撕碎了传
  单并狂吼着："抓共产党！快抓共产党！"掏出手枪朝天射击，游行队伍顿
  时大乱。

"祝捷"行列大乱，"英雄"们跳车而逃，舞女们尖声哭叫。特
务们向看热闹的人群冲去……

第八章　外围战再获胜利

但是，敌人的美梦很快就破灭了，5 月 20 日，我军开始了对上海的全面进攻，迅速突破了外围数十里的敌人据点，从高桥、大场和吴淞步步向市区逼近。三连长一马当先，率领着部队，跃过敌前沿阵地向敌纵深插去，溃乱的敌人举着枪被甩在后面。

在汤云浦的司令部，一群敌将官们等候在那里。这些敌将官散乱在汤云浦的大办公室内。有的低着头，有的吊着臂，谁也不看谁，谁也不跟谁说什么，有的像呆鸡木偶，有的低头叹气，只有挂在墙上的蒋介石的画像在奸笑着。

☆但是，敌人的美梦很快就破灭了，5 月 20 日，我军开始了对上海的全面进攻，迅速突破了外围数十里的敌据点，从高桥、大场和吴淞步步向市区逼近。

忽然，警卫员大声地喊道："汤司令到！"

门响了一下，汤云浦板着铁青的脸走进来，众将官立刻肃立。汤云浦站在门口朝着里面都看了一遍，看的将官们身上冷汗直流。随后他手里拄着拐杖，径直走到韩军长面前，阴森森地说："韩兄，你还活着。"

☆在汤云浦的司令部，一群敌将官们等候在那里，汤云浦板着铁青的脸走进来，他径直走到韩军长面前，阴森森地说："韩兄，你还活着，我恭喜你了。"说完向后摆了摆手。

☆看到手势，参谋长打开一份命令，大声念道："总裁手谕，命三军将士死守上海地区，战至一兵一卒也不许后退一步，战志不坚者，杀！行色恐惧者，杀！左顾右盼者，杀！出言不利者，杀！失去联络者，杀！厌战疏忽者，杀！"

　　韩军长看到汤云浦朝着自己走过来了，心里就一咯噔，听到汤云浦刚才说的话，后退了一步，惊恐地看着汤云浦。

　　汤云浦双眼瞪着他，依旧阴森森地说道："我恭喜你了。"说完向后摆了摆手。

　　看到手势，参谋长打开一份命令，大声念道："总裁手谕，命三军将士死守上海地区，战至一兵一卒也不许后退一步，战志不坚者，杀！形色恐怖者，杀！左顾右盼者，杀！出言不利者，杀！失去联络者，杀！厌战疏忽者，杀！"

　　听着参谋长念着的总裁的手谕，韩军长的脸上惊吓得渗出了豆大的汗珠，顺着脸淌下来。

　　汤云浦凶狠地瞪着眼珠问韩军长："你的部队呢？你的阵地呢？"说完扬手打了韩军长一个耳光，回头喊道："来人！"

☆汤云浦凶狠地瞪着眼珠问韩军长："你的部队呢？你的阵地呢？"说完扬手打了韩军长一个耳光，回头喊道："来人！"

　　韩军长此时惊恐万分，知道自己要倒霉了，他脑子里一动，赶紧扑到地上抱住汤云浦的腿，高喊着："汤司令，请你看在多年交情的份上，你不能这样，汤司令啊！"

　　任凭韩军长如何在自己的跟前怎么哭喊求饶，汤云浦根本就没有看他一眼，而是一脸愤怒地使劲地将他推开，怒吼道："拉出去！"两个卫兵过来要把他拖走，这时韩军长又上前，一把抱住了汤云浦的大腿，还在哭喊着："汤司令，汤司令，你不能这样，汤司令，我跟你20多年了，汤司令啊，汤司令……"

　　门口有两个卫兵走进来了，来到韩军长的跟前，低头拉着他就往外走去，这时韩军长还在朝着汤云浦大声地哭喊着："汤司令，我家上有老母下有妻子，汤司令啊！我为党国立过战功啊！汤司令，我为党国立过战功啊……"

　　☆韩军长惊恐万分，扑到地上抱住汤云浦的腿，高喊着："汤司令，请你看在多年交情的份上，你不能这样，汤司令啊！"汤云浦使劲将他推开，怒吼着："拉出去！"两个卫兵过来拖走了他，韩军长还在哭喊着："汤司令，你不能这样，我跟你20多年了，我家上有老母下有妻子，汤司令啊！我为党国立过战功啊！……"

　　等把韩军长拖走了，他的喊声也渐渐远去了，已经听不到了，汤云浦这才一脸严肃地朝着拖走韩军长的方向望去。整个房间里很长一段时间都非常安静，一点声音都没有。其他的将官看到了韩军长的这个下场，个个都在自己的心里盘算着，都担心下一个像韩军长这样的下场的会是自己，都被吓得呆若木鸡，谁也不敢出声。

汤云浦环视着大家，见一个个都耷拉着脑袋，没有一个抬着头

☆其它将官个个被吓得呆若木鸡，谁也不敢出声。汤云浦环视着大家，恶狠狠地向他们吼道："半个小时之后，不把浦东阵地给我夺回来，就别活着来见我，你们让共军再向吴淞逼近一步我亲手毙了你们！"说完将手中的手杖向空中使劲一挥。

☆邵庄向前跨了一步说："总座，我认为应该惩办那些见死不救，只顾保存实力的败类。"

的，恶狠狠地向他们吼道："半个小时以后，不把浦东阵地给我夺回来，就别活着来见我，你们叫共军再向吴淞逼近一步我亲手毙了你们！"说完将手中的手杖向空中使劲一挥。

邵庄向前跨了一步说："总座，我认为应该惩办那些见死不救，只顾保存实力的败类。"说着，他朝着站在自己不远处的刘义斜视了一眼。

虽然邵庄没有指出来具体的人名，但是其实大家的心里都是心知肚明的，因为在当时邵庄处在困境的时候，只有刘义能够在极短的时间内帮上邵庄的，可是在那个时候，刘义却以各种理由给推开了，并没有向邵庄伸出援手。这件事邵庄就记在了心里，想起来自己就憋气，所以刚才看到汤云浦处置韩军长的时候，邵庄的心里想到这样要是处置一下刘义那自己的憋气不就好了吗？

刘义的心里很明白邵庄这句话的意思，在场的各位将领也十分清楚：邵庄的这句话是针对刘义的。只见刘义慢慢抬起头，反击说："老弟言之有理，我认为更应该惩办那些丢失阵地首先逃跑，让共军把部队歼灭过半的将领。"

☆刘义慢慢抬起头，反击说："老弟言之有理，我认为更应该惩办那些丢失阵地首先逃跑，让共军把部队歼灭过半的将领。"

听着邵庄和刘义的争执，汤云浦走过来对他俩劝慰说："不必争执了，该惩办的已经惩办了，防守市区的全部重担全部落在二位的肩上，还望二位同心协力，以党国为重。"

邵庄的嚣张气焰还没有被打败，只见他听汤云浦说完后坚决地说："请总座放心，我决心使上海的每一条街道，每一座楼房都变成共军的坟墓，宁使上海变成一片火海，也决不交给共产党。"

☆汤云浦对他俩说："不必争执了，该惩办的已经惩办了，防守市区的重担全部落在二位的肩上，还望二位同心协力，以党国为重。"邵庄听后坚决地说："请总座放心，我决心使上海的每一条街道，每一座楼房都变成共军的坟墓，宁使上海变成一片火海，也决不交给共产党。"

在美国领事馆内，领事涨紫了脸，嘴上挂着白沫大声的嚎叫着："废物，纯粹是废物，……恐惧葬送了你们！"

汤云浦停止了不安的踱步也不示弱地说："它，也会葬送了你们！"

领事犹怒未息地说："对我们来说是损失，对你们来说是毁灭……"

汤云浦也提高了嗓音："在我们的后面就是你们，时间也不会太久，我的领事先生。"

站在地图跟前的舰长转回头来插了一句："激动和争吵只会帮助共

产党……"

领事粗粗的喘着气，搔着油光光的脑壳盲无目的的急走了几步，又慢慢的缓和下来："对！请原谅我的激动，……共产党在中国的胜利，是我们自由世界的灾难，我们……"

汤云浦随趁机说："领事先生，共军还没跨进市区，我想现在插手，还不算太晚，万万不可失此良机而酿成千古之恨啊！"

低头沉思的领事没有回答，舰长走近汤云浦神气十足地说："我的舰队还在等待着……只要……我想，地球上还没有存在着敢向我们挑战的敌人。"

汤云浦知道美国人是不会插手了，就冷冷地说："过去，我也这么想过！"

领事猛地抬起头来："那么现在……"

汤云浦说："我更想见诸予事实，再见！"

领事握着汤云浦的手，有一些歉意地说："朋友，你能守住城市，就会看到这个事实。守住城市吧！"

汤云浦什么也没有说，冷哼了一声就匆匆地离开了。

舰长见汤云浦走了，再也忍不住他那由于恐惧而产生的暴躁："怎么办，怎么办？想叫我的舰队当共军炮兵的靶标吗？想叫我们去享受共军的优待吗？"

领事极其烦躁地说："那么你想丢下我们的侨民，逃跑吗？"

舰长凑上来说："不！绝不，作为一个美国军人，我没学过逃跑的课目，给我作战命令吧。"

这时，参赞灰溜溜地从内室走出来，领事趋前急问："白宫来电了吗？"

参赞把两手一摊，摇了摇头。领事又失望又恼火的"唉"了一声："再向白宫请示……不！"他又转回头对舰长："舰队开到吴淞口外待命！"

舰长高兴地转身走去。

第九章

送情报老友相认

5月24日晚9点30分，我军对上海市区发起了总攻。

☆5月24日晚9时半，我军对上海市区发起了总攻。

赵永生带领战士们冲在最前面，他们英勇顽强，勇猛穿插，大胆迂回，很快就击溃了敌人，攻进了上海市区，敌人被打得溃不成军，看到共产党打进来了，敌人大喊着："共产党来了！共产党来了！"随后就到处流窜。他们根本就没有和我人民解放军进行直接对打就扛着武器纷纷逃走了。敌人边走着边大声地喊着，一片乱糟糟的场面。

我们的战士们穿过一条条街道，走进一个个胡同，追赶着逃跑的敌人。还有一部分敌人在顽强地抵抗着，和解放军的战士们进行着顽抗。

☆赵永生带领战士们冲在最前面，他们英勇顽强，勇猛穿插，大胆迁回，很快就击溃了敌人，攻进了上海市区，敌人被打得溃不成军，到处逃窜。

☆在上海警察局，局长屠森正在·给将来潜伏下来的敌特人员开会，他说："以后接头地点是美国梵尔登洋行，必须记住，你们是身在曹营心在汉，你们这支地下军，每一个人都是一颗定时炸弹。"

　　我们的两个战士，在敌人对面的工事前停下来，仔细地观察着对面敌人的举动，有敌人的机枪朝着这边猛烈地扫射着，他们俩顺利地躲过去了。

　　一个解放军战士把自己手里的手榴弹拉开了，朝着敌人的那边就使劲地扔了过去，敌人的阵地上瞬间变成了一片火海。我们的解放军战士赶紧过去，把敌人都给消灭掉了。此时的发生地点是上海市警察总局的门口。

　　在上海警察局里，局长屠森正在给将来潜伏下来的敌特人员开会，他说："以后接头地点是美国梵尔登洋行，必须记住，你们是身在曹营心在汉，你们这支地下军，每一个人都是一颗定时炸弹。"

　　被命令潜伏下来的敌特人员还真不少，他们都在屠森的周围，仔细地听着屠森的讲话，把屠森安排的联络地点都牢牢地记在了心里。

　　这时候，我们的工人纠察队员们已经进入了上海市警察总局的大门，他们已经把这里的敌人清剿完毕。外面还传来阵阵的枪声，

　　☆屠森接着说："共产党在上海是站不长的，最多三五个月，我们和盟军就会打回来的，在我们胜利会师的时候，我们是要论功行赏的。"说完命令大家赶紧转移。

而且是越来越近了。

　　屠森接着说："共产党在上海是站不长的，最多三五个月，我们和盟军就会打回来的，在我们胜利会师的时候，我们是要论功行赏的。现在去吧。"说完，他就命令手下的特工人员赶紧转移。

　　大家听后都赶紧朝着门口涌去，屠森拦住他们说："走这边。"这一帮人又回过头来，从另一个门出去了。

　　办公室里只剩下了屠森一个人，他还不知道，现在我们的工人纠察队员在林凡的带领下已经进入了警察局的大楼内。

　　这时候，巴队长慌慌张张地推门跑进来，看屠森还在那儿不紧不慢地收拾着桌子上的东西，就连忙来到了屠森的办公桌子前，来不及喘口气，上气不接下气地对屠森喊着："局长！局长！快走！共产党……"他一边说还一边用手指着门外边。

　　屠森看着巴队长紧张的样子，其实自己的心里也是很紧张的，但是他表面上却表现出故作镇静地样子对巴队长说："知道。"说着，他

☆这时，巴队长慌慌张张地推门跑进来，上气不接下气地对屠森喊着："局长！局长！快走！共产党……"一边说还一边用手指着门外边。屠森故作镇静地说："知道。"随手从抽屉里拿出两个印有"人民保安队"的袖标，自己拿一个，巴队长也抓了一个，两人匆忙从后面溜走了。

随手从抽屉里拿出两个印有"人民保安队"的袖标，自己拿一个，巴队长也抓了一个，两人匆忙从后门溜走了。巴队长生怕共产党这个时候给冲进来了，一边朝着后门走着，还一边担心地朝着正门那边看着。

　　屠森他们刚走，林凡就带领工人纠察队占领了警察局。屠森和巴队长他们俩从后门溜出来，来到了大街上，他们俩担心地朝着大街上看着。巴队长想给屠森说什么，让屠森给撅了回来，这时他们俩分开了，分别朝着两个不同的方向走了。林凡带领着工人纠察队员来到了屠森的办公室，推门进来了，见房间里已经没有了人。工人纠察队员们在房间里四处搜查起来，这时林凡来到屠森的办公桌前，拿起了桌子上电话，就拨通了电话："市委吗？刘书记吗？我是林凡呐，我们已经占领了警察局，我正在屠森的办公室，好，我马上去找解放军联系。"

☆屠森他们刚走，林凡就带领工人纠察队占领了警察局。林凡来到屠森的
　办公桌前，拨通电话："市委吗？刘书记吗？我是林凡那，我们已经占领
　了警察局，我正在屠森的办公室，好，我马上去找解放军联系。"

一个工人纠察队员拿着一摞卷宗走进来，对林凡报告说："老林，在南市区发现一个秘密监狱，这是名单。"

　　林凡命令他："马上派人去把监狱保护起来。"

☆这时一个工人纠察队员拿着一摞卷宗走过来，对林凡报告说："老林，在南市区发现一个秘密监狱，这是名单。"林凡命令他："马上派人去把监狱保护起来。"

☆三连赵永生和小罗他们正在向市区纵深前进，占领了一个敌人的街道工事。这时，他们发现前方驶过来一辆敌吉普车，小罗起身想冲过去，赵永生忙拉住他说："等等，抓活的。"他俩随手在敌地上捡起钢盔戴在头上。

　　三连赵永生和小罗他们正在向市区纵深前进，占领了一个敌人的街道工事。

　　他们发现前方驶过来一辆敌吉普车，小罗起身想冲过去，赵永生忙拉住他说："等等，抓活的。"他俩随手在敌地上捡起钢盔戴在头上。

　　等吉普车开过来，战士们高喊着冲上去截住汽车，汽车停下来，一个敌军军官站起来骂道："混蛋！走开！"

☆等吉普车开过来，战士们高喊着冲上去截住汽车，汽车停下，一个
　敌军军官站起身骂道："混蛋！走开！"

　　小罗上前一把将敌军官拉下车，嘴里说道："嘿，你瞎了吧，你。到站了！"

　　敌军官倒在地上，拔出手枪，嘴里大喊道："妈的！想造反！"

　　解放军战士们立刻拿枪指着他，大声地喊道："不许动！不许动！"

　　敌军官看着战士们一个个怒视着他，也不敢再抵抗了，枪就被赵永生给拿下了。

　　赵永生看着敌军官大声地喊道："你的嘴是吃大粪的，嗯？干什么的？"

等战士们摘掉钢盔，敌军官这才发现遇上解放军了，马上举手求饶："我该死！该死！兄弟是传达命令的。"

赵永生看着敌军官问道："什么命令？"

小罗从汽车上搜出一个文件包，发现里边有一封信，就对三连长说："连长，这儿有一封信。"说着，他就将信赶紧交给三连长。

☆小罗上前一把将敌军官拉下车，敌军官倒在地上，拔出手枪刚要发作，枪就被赵永生给下了。战士们摘掉钢盔，敌军官才发现遇上解放军了，马上举手求饶："我该死！该死！兄弟是传达命令的。"

☆这时小罗从汽车上搜出一个文件包，发现里边有一封信，赶紧交给三连长，三连长看着信说道："京沪杭警备总司令部的，怪不得派头不小。"他把信交给小罗，命令道："小罗，把俘虏押到司令部去。"

敌军官从地上站了起来，等待着发落。

　　三连长看着信说道："京沪杭警备总司令部的，怪不得派头不小。"他把信交给小罗，命令道："小罗，把俘虏押到司令部去。"

　　小罗答应了一声"是！"，就押着敌军官朝司令部去了。

　　我军军部已经搬到市区的一栋楼房里，政委从前线回来了，一边脱掉雨衣一边兴奋地对军长说："老方，被我们包围的敌人全部交枪了。"

　　方军长倒了一杯水递给政委："我祝贺你顺利归来。"

　　政委从军长的手里接过来水杯，对着军长接着说："有的敌人我们一喊话就投降了，有些敌人呐。"

☆我军军部已经搬到市区的一栋楼房里，政委从前线回来，一边脱掉雨衣一边兴奋地对军长说："老方，被我们包围的敌人全部交枪了。"军长倒了杯水递给政委："我祝贺你顺利归来。"政委接着说："有的敌人我们一喊话就投降了，有些敌人呐。"

　　政委停顿了一下，喝了一口水说："根据战斗发展的情况来看，有些地区的敌人撤退得很快，汤云浦很可能把主力撤退到苏州河北岸，凭借着高楼大厦，封锁着所有的桥梁，那将会直接影响到我们战斗顺利地进行。"

☆政委停顿了一下，喝了一口水说："根据战斗发展的情况来看，
有些地区的敌人撤退得很快，汤云浦很可能把主力撤退到苏州
河北岸，凭借着高楼大厦，封锁着所有的桥梁，那将会直接影
响到我们战斗顺利地进行。"

正在这时，军部参谋报告："赵师长和肖师长的先头部队已经在
苏州河南岸会师了。"

☆这时，军部参谋报告："赵师长和肖师长的先头部队已经在苏
州河南岸会师了。"军长听后对参谋说："命令他们，立刻抢过
苏州河，直插杨树浦。"

方军长听后对参谋说："命令他们，立刻抢过苏州河，直插杨树浦。"

参谋说："是！"

方军长和政委坐到地图旁。方军长对参谋说："马上报告前线指挥部，我军于 25 日晨 2 点半，解放了苏州河南岸的全部市区，现正向苏州河北岸推进。"

参谋回答："是。"

政委看了一下手表对军长说："好快呀，还不到 5 个小时，我们就解放了大半个上海。"

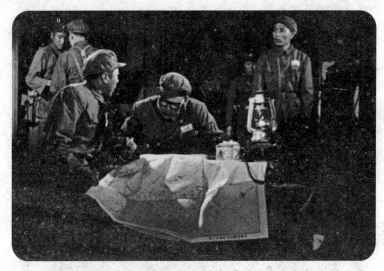

☆军长和政委坐到地图旁，军长对参谋说："马上报告前线指挥部，我军于 25 日晨 2 点半，解放了苏州河南岸全部市区，现正向苏州河北岸推进。"政委看了一下手表对军长说："好快呀，还不到 5 个钟点，我们就解放了大半个上海。"

突然听到一阵汽车的喇叭声，方军长和政委抬起头，看到迎面开来一辆敌军的吉普车，汽车停下来，小罗押着敌军的联络官下车，跑过来向军长报告："报告首长，连长派我送来一辆汽车，一个军官，一个大皮包。"说完，小罗将皮包双手递给了军长。

☆突然听到一阵汽车喇叭声，军长和政委抬起头，看到迎面开来
一辆敌军的吉普车，汽车停下，小罗押着敌军的联络官下车，
跑过来向军长报告："报告首长，连长派我送来一辆汽车，一
个军官，一个大皮包。"说完将皮包双手递给了军长。

方军长冲着小罗笑笑，接过了皮包，从里面拿出一个信封，里
边是一份命令。方军长将命令展开念着："刘义、邵庄所属部队，速
撤苏州河北，死守苏州河防线。"

政委来到了军长的身边，军长看完又递给政委。

☆军长冲着小罗笑笑，接过了皮包，从里面拿出一个信封，里边
是一份命令，军长看着念着："刘义、邵庄所属部队，速撤苏
州河北，死守苏州河防线。"军长看完又递给政委。

　　方军长这时走到了敌军的联络官的面前，看了看他，问道："刘义和邵庄什么时候接到的命令？"

　　俘虏见方军长问他，赶紧立正回答："回长官的话，是在一个小时以前。"

　　方军长听了以后，又问道："你认为你们能守住苏州河吗？"

　　俘虏很明白他们的实力，就连忙摇摇头说："不能，不能，绝对不能，贵军一步就能跨过。"军长听后命令将俘虏押走。

☆军长走到俘虏面前问他："刘义和邵庄什么时候接到命令的？"俘虏立正回答："回长官的话，是在一个小时以前。"军长又问他："你认为你们能守住苏州河吗？"俘虏连连摇头说："不能，不能，绝对不能，贵军一步就能跨过。"军长命令将俘虏押走。

　　政委走到方军长跟前，指着敌人的那张命令说："这一步棋叫汤云浦抢先了一步。"

　　午夜，黄浦江钟楼上大钟的钟声回荡在上海夜空，霏霏细雨不停地下着。宽阔的马路上有哨兵在巡逻，换下来休息的战士们抱着枪，有的坐着，有的躺着，熟睡在湿漉漉的人行道上。战士们经过

☆政委走到军长跟前，指着敌人的那张命令说："这一步棋叫汤云浦抢先了一步。"

激烈的奋战，也都累得不行了，尽管地上很湿，但是也顾不得什么了，不管是躺着还是坐着，都能一样睡着的。

☆午夜，黄浦江钟楼上大钟的钟声回荡在上海夜空，霏霏细雨不停地下着。宽阔的马路上有哨兵在巡逻，换下来休息的战士们抱着枪，有的坐着，有的躺着，熟睡在湿漉漉的人行道上。

　　方军长从指挥部走出来，后面跟着一群同志。他走到了门口，一边走着一边对身边的同志下达着当前的任务："要迅速派出警卫部队，把工厂、仓库都保护起来，防止暗藏敌人的破坏。"

　　听方军长布置完任务以后，那位同志赶紧说了一声"是！"转身走了出去，按照军长的吩咐执行去了。随后，方军长又开始对着自己身边的另一个同志说："叫一些有经验的老战士，负责保护侨民区和外国领事馆的安全。"那位同志听了以后，也连忙说了一声"是！"，答应完也转身走了，赶紧按照军长的吩咐执行去了。大家领到了方军长分配的任务都赶紧走了。方军长带着警卫员出门朝着大街上走去。

☆军长从指挥部走出来，在门口对身边的同志下达任务："要
　迅速派出警卫部队，把工厂、仓库保护起来，防止暗藏敌人
　的破坏。"又对另一个同志说："叫一些有经验的老战士，负
　责保护侨民区和外国领事馆的安全。"大家领任务分别离去。

　　当天他们在大街上走的时候，迎面走过来了一个人，径直来到方军长的面前。来的人正是上海地下党区委书记林凡。他迎面走过来，问方军长："同志，司令部在这儿吗？"

　　见有人问自己，方军长警惕地看着他，他们俩已经好多年没有见过面了，互相也根本就认不出对方了。方军长上下打量了林凡一番，看到了林凡的胳膊上佩戴的袖标，就知道了这个人是自己人。于是，方军长看着林凡，热情地问道："什么事啊？"

　　林凡看着方军长就连忙自我介绍道："我是上海市委派来联系工作的，我叫林凡。"

　　☆军长带着警卫员在街上走，地下党区委书记林凡迎面走过来，问军长："同志，司令部在这儿吗？"军长看了一眼林凡佩戴的袖标，热情地问："什么事啊？"林凡自我介绍说："我是上海市委派来联系工作的，我叫林凡。"

　　方军长一听，心里就非常高兴，赶紧伸出手来紧紧地握住林凡的手，微笑着说："太好了，太好了，我们正在到处找你们呐。"于是，方军长和林凡就一起开始往回走着，方军长还和林凡唠起了家常。

　　方军长一边走一边扭头看着林凡问："林凡同志，你一直是在上海工作吗？"

　　林凡听了以后，连忙回答："我就是在上海长大的。"

　　方军长听了以后，觉得自己还真是问对了人，他的心里这些年来一直惦记着自己当年离开上海的时候那个送自己出去的小林子。

　　想到这儿，方军长看了看林凡，接着问道："那你认不认得一个叫张继林的？"

　　林凡一听愣在了那里，看着军长反问道："哎？张继林？"

　　方军长看林凡站在那里疑惑地看着自己，就又接着问："外号叫小林子。"

　　☆军长一听非常高兴："太好了，太好了，我们正在到处找你们那。"
　　说完和林凡一起往回走，边走边问道："林凡同志，你一直是在上海工作吗？"林凡回答："我就是在上海长大的。"军长又问："那你认不认得一个叫张继林的？外号叫小林子。"

　　林凡一听，真的吃惊不小，"小林子"是自己年轻的时候，大家都这么叫自己，眼前的这个人怎么会知道呢？林凡看着方军长，吃惊地问道："你是？"

　　方军长看着林凡激动地说："我叫方明，你认识他吗？"

　　林凡简直不敢相信自己的眼睛，他做梦也没有想到会在这里能

☆林凡吃惊地问道:"你是?"军长说:"我叫方明,你认识他吗?"

遇到老方,愣在了那里,半天没有说出话来。等自己的情绪稍微稳定了一些,林凡这才对方军长万分惊喜地叫着:"老方,我就是呀!"

☆林凡简直不敢相信自己的眼睛,万分惊喜地叫着:"老方,我就是呀!"

方军长也认出来了眼前的人正是自己一直惦念的小林子,他也惊讶地"呀!"了一声,对着林凡亲切地大叫一声:"小林子!"

　　方军长上前紧紧地抱住了林凡。是啊，方军长这些年来一直惦记着把自己当年送出去的这个老朋友，找了这么多年，打听了那么多人，就一直没有过音讯。而今天，自己刚回到上海的第一天，就在这样的环境下遇到了自己要找的这个人，你说，方军长的心里能不激动吗？两个老朋友这时候热切地拥抱了在一起。

　　林凡拍着方军长的后背激动地说："真是做梦也没有想到能碰到你呀！"

　　方军长也激动地说："是啊，我也没有想到啊，回到上海的第一天就碰到你呀。"

　　☆军长这时也认出来了，大叫一声："小林子！"两个老朋友热烈地拥抱在一起。林凡说："真是做梦都没想到能碰到你呀！"军长也激动地说："是啊，我也没有想到啊，回到上海的第一天就碰到你呀。"

　　林凡之前也打听过有关把老方送出去以后的一些情况，后来反馈给他的信息说他已经牺牲了，从那以后他就在心里以为老方已经牺牲了，也不再打听了。今天在这里碰到他，除了惊讶还是惊讶，这时看着军长疑惑地问道："不是听说你早就光荣了吗？"

方军长听了以后，则风趣地说："不错呀，见过两回马克思呀，马克思批评我说，没有革命成功，你来干什么？回去吧！就这样，我又回来了。"

说完，两人都哈哈大笑了起来。

方军长见到小林子真有说不完的话，是啊，憋在心里这么多年，今天要一股脑都给说出来。方军长又问林凡："小林子，你记得吗？二十二年以前，四一二大屠杀的第二天晚上，天在下着雨，不是你把我送出上海的吗？"

☆林凡问他："不是听说你早就光荣了吗？"军长风趣地对林凡说："不错呀，见过两回马克思啊，马克思批评我说，革命没有成功，你来干什么？回去吧！就这样，我就又回来了。"说完，两人都哈哈大笑起来。军长又问林凡："小林子，你记得吗？22年以前，四一二大屠杀的第二天晚上，天在下着雨，不是你把我送出上海的吗？"

林凡听了以后，当年的一幕仿佛就在眼前，他兴奋地回答："记得，记得，我划着小船在黄浦江边等你，你的衣服都湿透了，上岸后第一句话就是：'小林子，记住，我们还会回来的！'"说完两人又笑了起来。

☆林凡兴奋的回答说："记得，记得，我划着小船在黄浦江边等你，你的衣服都湿透了。"上岸后第一句话就是："小林子，记住，我们还会回来的！"说完两人又笑起来。

　　方军长抱着林凡的肩膀激动地说："你看，我们今天不是真的回来了？走，小林子，到军部去。"

　　林凡听了以后，看着方军长则不好意思地说："还小林子呢？都

☆军长抱着林凡的肩膀激动地说："你看，我们今天不是真的回来了？走，小林子，到军部去。"林凡不好意思地说："还小林子呢？我快40了，你看头发都掉光了。"军长连忙说："没关系，没关系，我们共产党人那，永远不会老，你看，有多少工作等着我们去做啊？"两人边说边向军部走去。

快四十了，你看头发都掉光了。"

方军长看了看林凡的头发，则连忙说："没关系，没关系，我们共产党人哪，永远不会老，你看，有多少工作等着我们去做啊？"两人一边说笑着，一边向军部走去。

进了军部，政委刚刚打完电话，正要挂电话。方军长拉着林凡走进来，兴奋地把林凡介绍给政委："老张啊，地下党的代表来了。"

政委赶紧上前和林凡热烈地握手，并兴奋地说："太好了，我们正在到处找你们哪。"

方军长给林凡指着政委介绍道："这是我们的张政委。"

接着又给政委介绍林凡："这是林凡。"

政委把林凡让到沙发前，对林凡说："快请坐。"

☆进了军部，军长把林凡介绍给政委："老张啊，地下党的代表来了。"政委上前和林凡热烈地握手："太好了，我们正在到处找你们那。"军长对政委说："老张，这就是我常说的小林子，现在改名叫林凡了，我离开上海的时候，他才这么高啊。"说完还用手比划着。

　　方军长也搬了一个椅子过来，来到了他们俩跟前，兴奋地对政委说："老张，这就是我常说的小林子，现在改名叫林凡了，我离开上海的时候，他才这么高啊。"说着，方军长还用手比划着。三个人都哈哈大笑了起来。

　　三人落座，政委激动地握着林凡的手，接着说："我们真是感谢上海地下党的同志和工人同志们，你看，电灯、电话。"

　　林凡赶紧打断了政委的话，看着两位首长谦虚地说："快别说了，我们的工作做得很不够，战士们还都睡在马路上。"

　　方军长听了以后，则接话说："那比山沟里面平坦多了。"

☆三人落座，政委激动地握着林凡的手说"我们真是感谢上海地下党的同志和工人同志们，你看，电灯、电话。"林凡赶紧打断政委的话："快别说了，我们的工作做得很不够，战士们还都睡在马路上。"军长接话说："那比山沟里面平坦多了。"

　　林凡听了以后，则说："可这是上海，不是山沟。"

　　政委又握住林凡的手说："可是工厂、城市全让你们保全下来了。"

　　林凡一边打开皮包一边说："我正为这件事情来的，根据我们的情报，敌人正在酝酿着一个阴谋……"

☆林凡又说："可这是上海，不是山沟。"政委又握住林凡的手说："可是工厂、城市全让你们保全下来了。"林凡一边打开皮包一边说："我正为这件事情来的，根据我们的情报，敌人正在酝酿着一个阴谋……"

第十章

高警惕破敌阴谋

夜幕降临，在侨民区，工人纠察队员们正在巡逻，敌警察局的巴队长带着一帮人，佩戴着"人民保安队"的袖标，大摇大摆地走了过来。

纠察队员上前拦住："站住！干什么的?"

巴队长冲纠察队员摆着手说："保安总部的，辛苦了弟兄们!"

☆夜幕降临，在侨民区，工人纠察队员们正在巡逻，敌警察局的巴队长带着一帮人，佩戴着"人民保安队"的袖标，大摇大摆地走过来。纠察队员上前拦住："站住！干什么的?"巴队长摆着手说："保安总部的，辛苦了弟兄们!"

巴队长带着人还要往前走，又被纠察队员持枪拦住了，并告诉他："站住！这是侨民区，任何人不准出入。"

巴队长装作若无其事地走过来，对着纠察队员说："知道，知道，那是不准坏人出入，而我们是自己人。"说着，他从上衣的口袋里掏出来一个小红本，就在队员面前晃了晃，赶紧又装了起来。

☆巴队长带着人还要往前走，又被纠察队员持枪拦住，并告诉他："这是侨民区，任何人不准出入。"巴队长若无其事地走过来说："知道，知道，那是不准坏人出入，而我们是自己人。"他从上衣口袋里掏出一个小红本，在纠察队员面前晃了晃，赶紧又装了起来。

☆赵永生和小罗正在巡逻，听到这边争吵就走过来问道："干什么的？"巴队长一见赶紧迎上去，他故意将"人民保安队"的袖标换到赵永生脸前，假装热情地说："解放军弟兄们辛苦了，兄弟是奉命前来搜查的。"

赵永生和小罗正在巡逻，听到了这边的争吵声，就走过来问道："干什么的？"

巴队长一见是人民解放军，就赶紧迎了上去，故意扬了扬"人民保安队"的袖标，来到赵永生面前，假装热情地说："解放军弟兄们辛苦了。"

赵永生朝着巴队长后面的人问："你们是？"

巴队长连忙跟赵永生说："兄弟是前来搜查的。"

巴队长神秘地把赵永生拉到了一边，煞有其事地告诉他："我们刚才得到了消息，有一群抢商店烧仓库的土匪就藏在这一带。"说完，他就回头招呼着手下的人："弟兄们走吧。"

☆巴队长神秘的把赵永生拉到旁边，煞有其事地告诉他："我们刚才得到了个消息，有一群抢商店烧仓库的土匪就藏在这一带。"说完回头招呼手下的人："弟兄们走吧。"

巴队长他们刚要走，小罗端起枪对着他们大喝一声："站住！这里戒严，请你们回去。"

巴队长又凑上来："小兄弟！"

小罗见他又要上来套近乎，就大声地喊道："站住！"

巴队长见小罗一本正经的样子，就陪着笑脸说："这就见外了，解放军跟工人阶级本来就是一家人嘛，那些外国人才是咱们的死对头呢，对吧？"

☆巴队长他们刚要走，小罗端起枪大喝一声："站住！这里戒严，请你们回去。"巴队长又凑上来："小兄弟，这就见外了，解放军跟工人阶级本来就是一家人嘛，那些外国人才是咱们的死对头呢，对吧？"

☆赵永生回答他："不全对，在我们没有接到命令以前，有事情直接找司令部联系。"巴队长又朝赵永生走过来，慢条斯理地说："你也太死心眼了，我也是奉了上司的命令，要是误了事你能担得起吗？"赵永生回答他："担得起！请你们离开这里！"

　　赵永生并不赞同他的说法，他义正词严地回答："不全对，在我们没有接到命令以前，有事情就直接找司令部联系。"

　　巴队长见赵永生说的话没有一点余地，想到自己要是过去的话不是一件容易的事，于是巴队长又朝赵永生走过来，慢条斯理地说："你也太死心眼了，我也是奉了上司的命令，要是误了大事你能担得起吗?"

　　赵永生掷地有声地回答："担得起！请你们离开这里！"

　　巴队长见自己说软话是不行了，就用手拍拍胸脯大声地喊道："你担得起，我可担不起，弟兄们走！"

　　小罗拉动了枪栓，大声朝着巴队长一帮人喝道："站住！我可要开枪了！"

　　巴队长像一个无赖般的凑到了小罗的跟前，用手使劲一撕把上衣给撕开了，拍拍胸膛说："来，往这儿打，我还没有看到过解放军敢打工人阶级呢。"

☆巴队长用手拍拍胸脯喊道："你担得起，我可担不起，弟兄们走！"小罗拉动了枪栓，大声喝道："站住！我可要开枪了！"巴队长无赖般地凑到小罗跟前，用手撕开上衣，拍拍胸膛说："来，往这儿打，我还没看过解放军敢打工人阶级呢。"

　　"怎么回事？"正在这时，地下党员赵春领着一队纠察队员过来了，巴队长看情况不妙，赶紧转过身来来到赵春的跟前，面带着微笑对赵春说："没什么，没什么，发生点小误会，都是自己人吗，走吧。"说完他就想招呼他的人要溜。

☆"怎么回事？"正在这时，地下党员赵春领着一队纠察队员过来了，巴队长看情况不妙，赶紧过来对赵春说："没什么，都是自己人吗，走吧。"说完他招呼他的人要溜。

☆赵春忙叫住他们："等一等！"赵春已经认出了巴队长："啊，原来是巴队长，国防二厅屠局长的红人。"

赵春看他们要走，忙上前叫住了他们："等一等！"

赵春已经认出来了巴队长："啊，原来是巴队长，国防二厅屠局长的红人。"

赵春伸手把巴队长额头上粘的纱布撕了下来，巴队长一看自己暴露了，伸手要掏枪。

赵永生就站在巴队长的身边，立刻对他大声喝道："干什么！"随后，赵永生就给了巴队长一拳，把巴队长打倒在了地上。其他的战士们立刻跑过来，拿着枪对着他的匪特喊道："别动！别动！不许动！"

那些匪特见领头的巴队长都让人缴械了，也乖乖地缴了枪。

巴队长站了起来，看着赵春一帮人，出口骂了一句："去他妈的！"

赵春看着他，义正词严地说："你们骑在人民头上作威作福的时代已经过去了。"

☆赵春伸手把巴队长额头上粘的纱布撕了下来，巴队长一看已
  经暴露了，伸手要掏枪，被赵永生一拳打倒在地，其它匪特
  也被缴了枪。赵春义正言辞地说："你们骑在人民头上作威
  作福的时代已经过去了。"

赵妈妈的家，赵妈妈一边在做着针线活，一边在收听着上海人民广播电台的广播："上海人民广播电台，上海人民广播电台，亲爱的听众们，你们好，现在我们开始第一次播音，先报告战况，我强大的人民解放军正在苏州河沿岸进行着猛烈的战斗。"赵妈妈认真地听着，脸上露出慈祥的微笑。

☆赵妈妈的家，赵妈妈一边做针线活，一边收听着上海人民广播电台的广播："亲爱的听众们，你们好，现在我们开始第一次播音，先报告战况，我强大的人民解放军正在苏州河沿岸进行着猛烈的战斗。"赵妈妈认真地听着，脸上露着慈祥的微笑。

第十一章

英勇突袭苏州河

29日清晨，我军在苏州河沿岸和敌人的战斗还在继续，在三连的阵地前，敌人凭借着楼房顽强抵抗，我军为了保护楼房、工厂和人民财产的安全，坚持不打炮，只运用爆破的形势攻击敌人，但几次爆破都没有成功，部队伤亡很大。

☆29日晨，我军在苏州河沿岸和敌人的战斗还在继续，在三连的阵地前，敌人凭借着楼房顽强抵抗，我军为了保护楼房、工厂和人民财产的安全，坚持不打炮，只运用爆破的形势攻击敌人，但几次爆破都没有成功，部队伤亡很大。

　　眼看着一个个战士被打伤了，这时有战士赶紧上来把受伤的战士给抬了下去。三连长是看在眼里，急在心里。他正在观察着战况，

已经上去了一拨又一拨的战士，都没有拿下来。这时三连长急得用拳头使劲地砸着沙袋，随后他转身对着身后的战士们喊道："第二爆破组！"

第二爆破组的战士们听到三连长的喊声，大声地答应道："到！"等第二爆破组的战士们赶过来，三连长转身来到战士们的面前，从一个战士的手里去抢炸药包。

爆破组的战士不想把自己手里的炸药包交给三连长，三连长这时看着战士大声地喊道："给我！"战士没有办法，就把炸药包给了三连长。

三连长把抢过来的炸药包抱在自己的怀里就要冲上去。战士们在后面大声地朝三连长喊着："连长，我来掩护！连长！你不能去啊！"

赵永生见状，马上抢过连长手中的炸药包说："连长你不能去，我来试试看。"

☆三连长急的用拳头砸着沙袋，他命令第二爆破组准备。他抢过一个战士手中的炸药包就要冲上去。赵永生见状马上抢过连长手中的炸药包说："连长你不能去，我来试试看。"小罗也要去，让赵班长制止了，连长命令机枪掩护。

见赵永生上去，要冲过去，小罗来到了赵永生的跟前，拉住赵永生说："班长，还是我去吧。"不过，赵永生制止了小罗，三连长命令机枪掩护。

　　赵永生抱着炸药包，飞身就冲出了阵地，见赵永生冲出去了，小罗在后面大声地喊道："班长！"

　　三连长上前拉住小罗，大声地说："回去！"

　　敌人的火力很猛，跑出去没有多远赵永生的手臂就中弹了，看到赵永生中弹了，小罗在后面大声地喊道："班长！"

☆赵永生抱着炸药包，飞身冲出了阵地，敌人的火力很猛，跑出不远赵
　永生的手臂就中弹了，他扔出几颗手榴弹，又匍匐前进。

　　三连长对小罗说："别喊！"其实三连长的心里也是十分担心和紧张的，他朝着赵永生目不转睛地看着。

　　赵永生趴在那儿不动。小罗担心得眼泪都出来了，看着在前面趴着的赵永生，叫道："班长！班长！"

　　三连长的手里抓着一把土，在手里使劲地捏着。过了一会儿，赵永生又开始前进了，三连长举起拳头大声地喊道："好！好！"

　　小罗在三连长的身边，一直盯着前面看着，高兴地喊道："上去了，连长！"

三连长扬着手朝后面喊道："突击队！"

小罗接着喊道："突击队！准备！"

赵永生慢慢地把头抬了起来，只见他朝着敌人的方向，扔出了几颗手榴弹，又开始匍匐前进。

赵永生曲线前进，躲避着敌人的子弹，爬爬停停，忍着伤痛，艰难地向前移动着，离敌人的碉堡越来越近了，他扔出了身上的最后一颗手榴弹，跃起身冲向了敌人的碉堡，但是敌人的机枪猛烈地朝着下面扫射着，没等赵永生接近碉堡，就中弹倒下了。

☆赵永生曲线前进，躲避着敌人的子弹，爬爬停停，忍着伤痛，艰难地向前移动，离敌碉堡不远了，他扔出了身上的最后一颗手榴弹，跃起身冲向敌碉堡，但没等接近碉堡，就中弹倒下了。

看到赵永生倒下了，三连长担心得使劲地捶了一下，小罗大声地喊道："班长！班长！"

赵永生又慢慢地抬起了脑袋，他的前额上流出血，他朝着敌人的碉堡上望了望，上面的敌人还在猛烈地射击着。

赵永生微微抬起头，看准了敌人的机枪的所在位置。他强忍着自己身上的疼痛，慢慢地朝着敌人的碉堡移动着。

在军指挥部，政委对正趴在桌子上看着地图的军长说："战斗进行得不大顺利，部队产生了急躁的情绪，这样不但影响了战斗的进程，同时还会造成不必要的伤亡，我看是不是先停止进攻？"

方军长听了政委的建议后，抽了一口烟，思考了一会儿，点点头说道："我同意，我正在考虑如何改变战斗方案，你是不是先通过林凡同志了解一下，苏州河沿线敌人的部署情况？"

☆在军指挥部，政委对军长说："战斗进行的不太顺利，部队产生了急躁情绪，这样不但影响了战斗进程，同时还会造成不必要的伤亡，我看是不是先停止进攻？"军长说："我同意，我正在考虑如何改变战斗方案，你是不是先通过林凡同志了解一下，苏州河沿线敌人的部属情况？"

老半天政委点点头，说："好。"

赵永生被抢救回来了，他此刻正躺在担架上。小罗看着他担心地叫道："班长！班长！"

赵永生已经醒过来了。小罗连忙叫道："班长！"

大家扶着他欠起身，赵永生这时很愧疚地对连长说："连长，我没有完成任务。"

三连长看着赵永生则心疼地说:"永生,你放心,我们一定打过苏州河去。"说完,三连长让战士们赶紧把赵永生送去医院抢救。

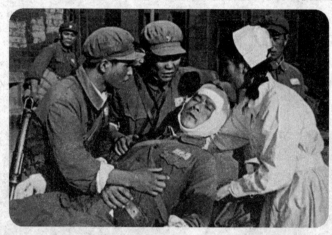

☆赵永生被抢救回来了,他躺在担架上,大家扶他欠起身,赵永生很愧疚的对连长说:"连长,我没有完成任务。"连长劝他说:"赵永生,你放心,我们一定打过苏州河去。"说完,连长让战士们赶紧将赵永生送医院急救。

三连长送走了赵永生,看着被担架抬走的赵永生,三连长握紧了拳

☆三连长送走了赵永生,正要组织新的进攻,这时通讯兵报告:"报告连长,营部电话,命令马上停止进攻。"

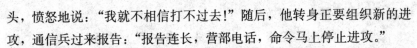

头，愤怒地说："我就不相信打不过去！"随后，他转身正要组织新的进攻，通信兵过来报告："报告连长，营部电话，命令马上停止进攻。"

三连长一听，惊讶地问道："停止进攻？"

其他的战士也听到了，也在小声地说着："停止进攻？"

三连长这时陷入了沉思。

在汤云浦的司令部，正在举行庆功宴会，上海守军的将领都出席了。汤云浦对邵庄和刘义说："二位防守苏州河有功，总裁各奖予黄金一百两，青天白日勋章一枚。"

随后，汤云浦开始给邵庄和刘义颁奖。大家鼓掌祝贺。

汤云浦给他们俩佩戴好以后，接着说："待战后再晋升二位官职，还望二位再接再厉，不负总裁的期望。"

☆在汤云浦的司令部，正在举行庆功宴会，上海守军的将领都
　出席了。汤云浦对邵庄和刘义说："二位防守苏州河有功，
　总裁各奖予黄金一百两，青天白日勋章一枚。"大家鼓掌祝
　贺。汤云浦接着说："待战后再晋升二位官职，还望二位再
　接再厉，不负总裁的期望。"

邵庄受到这样的奖励，心里感到十分高兴，等汤云浦说完，他立即上前，朝着汤云浦立正并敬了一个标准的军礼，大声地说："感

谢总裁恩赐，誓为党国效忠。"

说完，他用眼睛斜视了一下刘义，跨前一步对汤云浦说："总座，我看趁着共军进攻失利的时候，一鼓作气反攻过苏州河去。"

汤云浦听了以后拍了拍邵庄的肩膀，非常满意地说："老弟，只要你和子义兄能够守住它，它会变成三次大战的导火线。"

☆邵庄受宠若惊，立正敬礼，大声说；"感谢总裁恩赐，誓为党国效忠。"说完他用眼睛斜视了一下刘义，跨前一步对汤云浦说；"总座，我看趁着共军进攻失利的时候，一鼓作气反攻过苏州河去。"汤云浦用手拍了拍邵庄的肩膀："老弟，只要你和子义兄能够守住它，它会变成三次大战的导火线。"

说完，汤云浦招呼大家入座，等大家都入座了，汤云浦举起酒杯说："诸位，为了苏州河上的胜利，为了祝贺刘、邵二位将军荣顾总裁的奖赏，请干杯！"众将官们这时也纷纷举起酒杯。大家互相碰杯以后，又在一起碰杯，然后才各自喝了起来。

在我军的指挥部，大家围在地图旁，肖师长边指着地图边对大家说："根据林凡同志的建议和我亲自侦察的结果，我准备带两个

☆说完，汤云浦招呼大家入座，举起酒杯说："诸位，为了苏州河上
的胜利，为了祝贺刘、邵二位将军荣顾总裁的奖赏，请干杯！"众
将官们也纷纷举起酒杯。

团，乘坐火车从西郊铁路桥冲过去，然后分兵两路，一路直插北站，
一路沿着河向东穿插。"

☆在我军指挥部，大家围在地图旁，肖师长边指着地图边对大家说：
"根据林凡同志的建议和我亲自侦查的结果，我准备带两个团，乘
坐火车从西郊铁路桥冲过去，然后分兵两路，一路直插北站，一路
沿河向东穿插。"

方军长看着地图，等肖师长把话说完，就插话说："直插北站的部队要迅速地占领工厂，防止敌人破坏。"

　　肖师长听方军长说完，又接着说："占领北站后，再用两个营的兵力直插江关路汤云浦司令部。"

☆军长插话说："直插北站的部队要迅速地占领工厂，防止敌人破坏。"政委又接着说："占领北站后，再用两个营的兵力直插江关路汤云浦司令部。"

☆在汤云浦的司令部，参谋长神色惊慌地走进来，看到邵庄和刘义都在，随即报告说："报告总座，总裁密电。"汤云浦看着参谋长的脸色，似乎有些察觉，赶紧走过来，接过参谋长递过来的纸条。

在汤云浦的司令部，参谋长神色惊慌地走了进来，看到邵庄和刘义都在，随即报告说："报告总座，总裁密电。"

汤云浦看看参谋长的脸色，似乎有一些察觉，赶紧走过来，接过参谋长递过来的纸条。

汤云浦打开纸条，只见上边写着："共军逼近吴淞口、高桥镇，请速登船。"

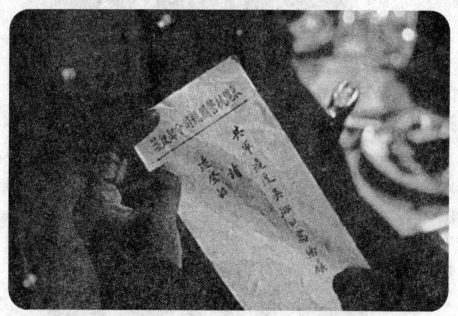

☆打开纸条，只见上边写着："共军逼近吴淞口、高桥镇，请速登船。"

刘义察言观色，似乎已识破其中的端倪，看汤云浦转过身来，假装若无其事的样子，摘下眼镜，又从口袋里掏出眼镜布，慢慢地擦着眼镜，并抬眼瞟了一眼汤云浦。

汤云浦看完纸条，又看了一下邵庄和刘义，冷静了一下，用有一些颤抖的手将纸条装进口袋，马上转惊为笑，对他二人说："好了，好了，总裁拍来急电，令我速到吴淞口磋商盟国出兵大计，二位在此据守，万勿疏忽。"

☆刘义察言观色，似乎已识破其中端倪，看汤云浦转过身来，便假装若无其事的样子，摘下眼镜，又从口袋里掏出眼镜布，慢慢地擦着眼镜，并抬眼瞟了瞟汤云浦。

☆汤云浦看完纸条，又看了一下邵庄和刘义，冷静了一下，用有些颤抖的手将纸条装进口袋，马上转惊为笑，对他二人说："好了，好了，总裁拍来急电，令我速到吴淞口磋商盟国出兵大计，二位在此据守，万勿疏忽。"二人听后回答："是！"

二人听后，齐声回答："是！"

汤云浦又转向刘义说："刘副司令。"

刘义看着汤云浦说:"总座!"

汤云浦接着说:"子义兄,你已经晋升为我的副司令,在我离职期间,上海的防务就托你指挥了。"

刘义听了以后,看着汤云浦说:"老朽无能承托此重任,深感荣幸。"

汤云浦转过身来,看着邵庄,又命令说:"邵军长,从现在起,你归刘副司令指挥。"

邵庄已经有所领悟,点点头答道:"我感到荣幸。"

☆汤云浦又转向刘义说:"刘副司令,你已经晋升为我的副司令,在我离职期间,上海的防务就托你指挥了。"刘义说:"老朽无能承托此重任,深感荣幸。"汤云浦又命令邵庄说:"邵军长,从现在起,你归刘副司令指挥。"邵庄已有所领悟,答道:"我感到荣幸。"

汤云浦又转向刘义,握着他的手,说:"子义兄,多加保重。"

此时,刘义已经完全明白了汤云浦的意图,阴阳怪气地说:"敬祝总座一帆风顺。"

随后,副官给汤云浦送来了军帽和拐杖,随后就出去了。邵庄跟在汤云浦的后面也急速离去了。

☆汤云浦又转向刘义，握着他的手说："子义兄，多加保重。"此时，刘义已经完全明白了汤云浦的意图，阴阳怪气地说："敬祝总座一帆风顺。"随后，汤云浦及邵庄等急速离去。

看着他们离去，刘义摘下眼镜递给了副官，快步走到窗前向外观察，看到楼下广场上一片混乱，汤云浦和邵庄钻进一辆轿车就开走了。

☆看着他们离去，刘义快步走到窗前向外观看，看到楼下广场上一片混乱，汤云浦和邵庄钻进一辆轿车开走了。

刘义离开窗口，哼了一声，向大家说："命令，司令部马上转移。"

副官走过来对刘义说："军座，这里可都是钢筋水泥的房子。"

刘义气愤地回答说："也是禁闭我的铁笼子。"

☆刘义离开窗口，哼了一声，向大家说："命令，司令部马上转移。"副官走过来对刘义说："军座，这里可都是钢筋水泥的房子。"刘义气愤地回答说："也是禁闭我的铁笼子！"

在汤云浦的汽车里，邵庄困惑地问汤云浦："总座，你认为刘义这条老狗还靠得住吗？"

汤云浦听了以后，转过头来，看着邵庄回答："所以要你听他的指挥呀。"

邵庄听了以后，点点头说："我明白了，总座。"

汤云浦接着又说："是狼是狗先不管他，要紧的是守住苏州河，把河北的工厂通通炸掉。"

这一天，敌人的装甲车撞坏了发电厂的大门，开进了工厂，装甲车上是一群荷枪实弹的敌军士兵。

装甲车一进入院子，就被保护工厂的工人给包围住了，工人们

☆在汤云浦的汽车里，邵庄困惑地问汤云浦："总座，你认为刘义
这条老狗还靠得住吗？"汤云浦回答："所以要你听他指挥呀。"
"我明白了，总座。"汤云浦又说："是狼是狗先不管他，要紧的
是守住苏州河，把河北的工厂通通炸掉。"

在老杨的带领下，手里拿着棍棒、铁锹及各种工具，围堵住敌人，
决不让他们破坏工厂的阴谋得逞。

☆这天，敌人的装甲车撞坏了发电厂的大门，开进了工厂，装甲
车上是一群荷枪实弹的敌军士兵。装甲车一进院，就被护厂的
工人包围了，工人们在老杨的带领下，手持棍棒、铁锹及各种
工具，围堵住敌人，决不让他们破坏工厂的阴谋得逞。

一个敌军官站在装甲车上，开始向工人们喊话："为了军事需要，本人奉上司命令，要炸毁发电厂，要活命的，都给我乖乖地离开这里。"

☆一个敌军官站在装甲车上，向工人们喊话："为了军事需要，本人奉上司命令，要炸毁发电厂，要活命的，都给我乖乖地离开这里。"

☆老杨愤怒的回答敌人："我们不离开，工厂是我们工人的命根子，你炸了，我们怎么活？"工人们一起举起手中的棍棒，高喊着："我们不许你炸！我们不许你炸！"敌军官命令士兵强行安炸药。

老杨愤怒地回答敌人："我们不离开，工厂是我们工人的命根子，你炸了，我们怎么活？"

工人们一起举起手中的棍棒，高喊着："我们不许你炸！我们不许你炸！"

敌军官看着下面站着的工人说道："那就别怪我不客气了！"随后他手一扬，对着装甲车上的敌士兵说："安装炸药！"命令士兵强行安装炸药。

市郊的铁路线上，一列满载着解放军战士的列车疾驰着，向市区开去。

☆市郊的铁路线上，一列满载着解放军战士的列车急驰着，向市区开去。

肖师长站在火车机车上指挥这场战斗，他用望远镜不时地瞭望着。

敌人正在铁桥的对面，仔细地盯着对面来的火车。当火车吼叫着接近苏州河铁桥时，肖师长挥着拳头高声命令着："射击！"

☆肖师长站在火车机车上指挥这场战斗，他用望远镜不时的瞭望着。

列车上所有的机关枪、步枪开始射击，密集的火力打得守桥敌军惊慌失措。

☆当火车吼叫着接近苏州河铁桥时，肖师长挥着拳头高声命令着："射击！"列车上所有的机枪，步枪开始射击，密集的火力打得守桥敌军惊慌失措。

红色经典电影阅读
Hong Se Jing Dian Dian Ying Yue Du

疾驰的火车马上就要过桥了，敌军官大声嚷叫着："炸桥！炸桥！"可是炸药并没有响，我们的列车已经风驰电掣般地冲过了铁桥。

☆疾驰的火车马上就要过桥了，敌军官大声嚷叫着："炸桥！炸桥！"可是炸药并没有响，我们的列车已经风驰电掣般地冲过了铁桥。

☆在发电厂，工人和炸工厂的敌人还在对峙着，工人们把敌人包围在一个厂房里，工人们步步逼近。

在发电厂，工人和炸工厂的敌人还在对峙着，工人们把敌人包围在一个厂房里，工人们步步紧逼。

敌人惊慌失措了，敌军官战战兢兢地喊道："你们要干什么？"

老杨走在工人们的前面，对敌人大声地喊道："要你把炸药搬出去！"

工人们随后也跟着老杨说："要你把炸药搬出去！"

敌军官看着一脸愤怒的工人们，自己的心里也非常心虚了，只见他手里拿着枪，对着工人们又喊道："你们还要不要命啦？"

工人们愤怒地说："我们活不成你也别想活！"

敌军官听了以后，大声地恫吓着："我要点火了！"

老杨听了以后，大声地呵斥道："你敢！我们不活你也活不成！"

敌军官对着敌士兵喊道："点火！"

敌士兵听到命令，连忙上前去点火。

敌军官命令点火并高声喊道："我要开枪了！"

☆敌人惊慌失措了，敌军官战战兢兢地喊着："你们要干什么？"老杨和工人们说："要你把炸药搬出去！"敌军官又喊道："你们还要不要命啦？"工人们愤怒地说："我们活不成你也别想活！"敌军官命令点火并高喊："我要开枪了！"

正在这时，三连长带领着我们的解放军部队赶到了，战士们端起冲锋枪大喊一声："不许动！举起手来！"

☆正在这时，三连长带领部队赶到了，战士们端起冲锋枪大喊一声："不许动！举起手来！"工人们趁机缴了敌人的枪，和解放军战士们一起欢呼起来。

工人们看到了人民解放军到了，趁机缴获了敌人的枪，和解放军战士们一起欢呼起来。

林凡来到我军的司令部，兴高采烈地对方军长和政委说："老方，老张。"

方军长也热情地招呼道："林凡同志。"

林凡接着说："刚刚接到河北的情报，汤云浦已经逃往台湾，刘义已经被提升为副司令，正躲着邵庄的监视。"说着，他掏出一个纸条交给政委："这是刘义的住址和电话号码。"

政委接过来纸条，说："好，敌人已经到了树倒猢狲散的时候了，老方，我们是不是再给刘义一点压力，加速他的动摇。"

方军长说："对，逼着他往我们引的路上走。"

这时，办公桌上的电话响了。是肖师长打来的电话，肖师长兴

☆林凡来到我军司令部，兴高采烈地对军长和政委说："刚刚接
到河北的情报，汤云浦已经逃往台湾，刘义已被提升为副司
令，正躲着邵庄的监视。"说着掏出一个纸条交给政委："这
是刘义的住址和电话号码。"政委说："好，敌人已经到了树
倒猢狲散的时候了，老方，我们是不是再给刘义一点压力，
加速他的动摇。"军长说："对，逼着他往我们引的路上走。
这时，电话响了。

奋地向军长报告："我们已经顺利地占领了发电厂，前方部队正向汤
云浦的司令部前进。"

☆是肖师长的电话，肖师长兴奋的向军长报告："我们已经顺利
地占领了发电厂，前方部队正向汤云浦的司令部前进。"

方军长接到电话也非常高兴："感谢你们！你们出色地完成了指挥部的命令，现在你必须马上改变方案，派出主力部队插至吴淞路刘义司令部附近停止待命。"

☆军长接到电话也非常高兴："感谢你们出色地完成了指挥部的命令，现在你必须马上改变方案，派出主力部队插至吴淞路刘义司令部附近停止待命。"

刘义司令部里，一架老式收音机上，撑着两张照片，一张是刘义夫妇和他的一男一女两个孩子的全家福，一张是刘义在西北军时照的武装半身像。收音机里正播送着人民解放军的"约法八章"，刘义正在收听着我军的广播。广播中说："上海人民广播电台，现在播

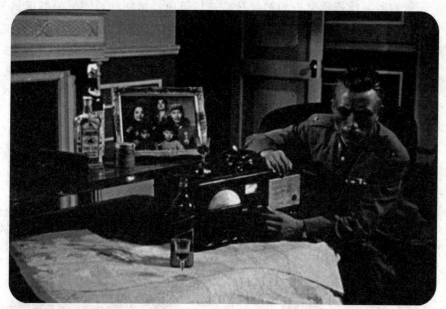

☆刘义司令部里，刘义副官正在收听我军的广播，广播说："上海人民广播电台，现在播送人民解放军约法八章：1 保护全体人民的生命财产；2 保护一切工商业、农牧业；3 没收官僚资本；4 保护公司学校、医院、文教机关及一切公益事业；5 除罪大恶极的战犯及反革命分子外，其它凡不持枪抵抗和阴谋破坏者，一律不加处分；6 一切散兵游勇凡自动投诚交出武器者……"

送人民解放军约法八章：一、保护全体人民的生命财产；二、保护一切工商业、农牧业；三、没收官僚资本；四、保护公司学校、医院、文教机关及一切公益事业；五、除罪大恶极的战犯及反革命分子外，其他凡不持枪抵抗和阴谋破坏者，一律不加处分；六、一切散兵游勇凡自动投诚交出武器者，概不追究……"

刘义把收音机关掉后，走近一处窗口郁闷的向外探望着，苏州河北岸的敌军防御工事在这里展现出来，沿着河岸的高楼大厦上设有密密的火力点，每个窗洞里潜藏着敌人的机枪，闪动着敌人的影子，每座桥头上有固定的碉堡和活动的坦克，河岸上有一排被打得千疮百孔的沙袋工事。刘义自语着："怪啊，共军为何不开炮。"

桥上复盖着一层石灰粉沫，血渍弹痕累累可见，桥两边的灯柱被打断，挨近桥南头的柏油马路被打得像蜂窝似的，附近的墙壁被揭了一层皮，电线被打断……硝烟在阵地上浮动着。

正在这时，报务员送来战报。副官向刘义报告："副司令，由铁

☆这时，报务员送来战报，副官向刘义报告："副司令，由铁路桥迁回过来的共军，已攻进我军核心阵地。"刘义听了有气无力地回答："命令部队死守。"

路桥迂回过来的共军，已经攻进我军核心阵地。"刘义听了以后，有气无力地回答："命令部队死守。"

刘义走到桌子前，拿起他的全家福照片看了看又放下，长长地叹了一口气说："没想到，为他们转战一生，到头来却落了个替死鬼的下场，这真是罪有应得呀。"

☆刘义走到桌前，拿起他的全家福照片看了看又放下，长长地叹了口气说："没想到，为他们转战一生，到头来落了个替死鬼的下场，这真是罪有应得呀。"

副官听了刘义说的这些话，劝他说："副司令，当前大势已去，也该想一条退路啊……"

刘义转过身来端起酒杯坐下来说："该走的都走了，台湾没有我刘义的地方。"说完，他自己坐在椅子上喝了一口酒。副官看着刘义，自己跟了他那么多年，也深知他的脾气，今天面对上级陷入了这样的困境，又担心地劝慰说："那也该想条别的门路啊，您认为北平的道路？"

☆副官听了刘义这些话，劝他说："副司令，当前大势已去，也该想
　条退路啊。"

☆刘义转过身端起酒杯坐下来说："该走的都走了，台湾没有我刘义的
　地方。"副官又说："那也该想条别的门路啊，您认为北平的道路？"

刘义抬起头，随着把酒杯往桌子上一放，叹口气说："考虑过了，我走不通，江西五次围剿有我，曲线救国有我，制造无人区有我，重点进攻山东也有我，我这两手沾满了共产党的鲜血。"说着，他抱着头瘫坐在椅子上。

刘义抬起头对副官说："仁泉兄，念你我多年之交，我的家眷托你设法带到香港。"副官还想说什么，刘义摆摆手又说："我的事情千万不可告诉他们。"

☆刘义叹口气说："考虑过了，我走不通，江西五次围剿有我，曲线救国有我，制造无人区有我，重点进攻山东也有我，我这两手沾满了共产党的鲜血。"说完抱着头瘫坐在椅子上。

刘义说完站起身，从盒子里拿出那一百两黄金交给副官说："把这个带上，这里的事情你就不要管了，你我后会有期。"副官这时看着刘义难过地说："副司令，多多保重啊。"刘义摇摇头，扬扬手，示意副官不要说什么啦。

副官刚要出门，桌子上的电话就响了起来，副官走回来拿起了

☆刘义抬起头对副官说："仁泉兄，念你我多年之交，我的家眷托你设法带到香港。"副官还想说什么，刘义摆摆手又说："我的事情千万不可告诉他们。"

☆刘义说完站起身，从盒子里拿出那一百两黄金交给副官说："把这个带上，这里的事情你就不用管了，你我后会有期。"副官难过地说："副司令，多多保重啊。"

☆副官刚要出门，桌上电话铃响了，副官走回来拿起话筒，原来是邵庄打
　来的。副官对刘义说："副司令，邵军长请您讲话。"

话筒，原来是邵庄打过来的。副官对刘义说："副司令，邵军长请您
讲话。"

　　刘义正在倒着酒，听到是邵庄打过来的，就愤怒地说："就说我
不在，这条蒋家的狗崽子，成了我的追命鬼了。"

　　副官随后对着电话那头说道："哎！副司令不在。"说着，他就
挂了电话。

　　这时，外线的电话铃又响了起来，副官对刘义说："副司令，
外线。"

　　刘义没有说话。副官迟疑了一会儿自言自语道："是谁来的呢？"
说完，他把金条放在了桌子上，就过去接听电话，拿起电话，副官
说："嗯。是啊，你是哪里啊？"

　　对方说明来意后，副官一愣，马上对刘义说："副司令，解放军
前线指挥部请您讲话。"

☆刘义恼怒地说:"就说我不在,这条蒋家的狗崽子,成了我的追命鬼了。"副官挂了电话。

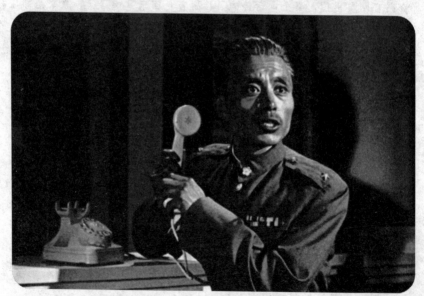

☆这时,外线电话铃又响了,副官迟疑了一会过去接听电话,马上对刘义说:"副司令,解放军前线指挥部请您讲话。"

刘义听了以后，愣在那里半天才站起来，抖掉身上的大衣，缓步走到电话机旁边，接过电话颤抖着说："兄弟是刘义，久仰，久仰。"

☆刘义愣在那里半天才站起身，抖掉身上的大衣，缓步走到电话机旁，接过电话颤抖着说："兄弟是刘义，久仰，久仰。"

方军长在电话中对刘义讲话："刘副司令，局势已经很明显，两条道路由你选择，顽抗到底其下场你自己也很清楚，如果想求一生路，只有马上放下武器，我们保证不咎既往。"

刘义拿着电话颤抖着说："是！是！共军政策早已文明天下。不过……"接着刘义捂住了电话筒看着副官说："他们真的能宽恕我吗？"

副官想了想说："不知道。也许可能。"随后，刘义又把电话放在了耳边。

方军长接着说："我知道你过去的经历，也了解你现在的处境，我们共产党人一切以人民的利益为重，如果你能为苏州河北几百万

☆方军长在电话里对刘义讲话："刘副司令，局势已经很明显，两条道路由你选择，顽抗到底其下场你自己也很清楚，如果想求一生路，只有马上放下武器，我们保证不咎既往。"

☆"我们知道你过去的经历，也了解你现在的处境，我们共产党人一切以人民的利益为重，如果你能为苏州河北几百万人民着想，举行起义，我们表示欢迎。当前的战事紧迫，望你速决，但必须命令部队停火一小时，在停火期间，一切的工厂设备，要负责保护，不得破坏，具体事项由我军先头部队联络官负责。"

人民着想，举行起义，我们表示欢迎。当前的战士紧迫，望你速决，但必须命令部队停火一小时，在停火期间，一切的工厂设备，要负责保护，不得破坏，具体事项由我军先头部队联络官负责。"

刘义一边听电话一边说："是，是，兄弟欢迎，兄弟欢迎。"

☆刘义一边听电话一边说："是，是，兄弟欢迎，兄弟欢迎。"

刘义把话筒交给副官，用手绢不停地擦着汗。副官把电话放好了，问刘义："副司令，共军的条件是?"

刘义没有回答，只告诉副官："先命令部队停火。"

副官答道："是。"

三连长来到师部："报告，三连长李永刚奉命来到。"

肖师长表扬他说："你们打得很好，现在，派你带两个战士去完成一个重要的任务。"

刘义正在沙发上坐着，副官走了进来，看着刘义叫道："副司令!"

过了一会儿，刘义头也没抬地问道："还有多少时间?"

☆刘义把话筒交给副官，用手绢不停地擦着汗。副官问刘义："副司令，共军的条件是？"刘义没有回答，只告诉副官："先命令部队停火。"

☆三连长来到师部："报告，三连长李永刚奉命来到。"肖师长表扬他说："你们打得很好，现在，派你带两个战士去完成一个重要的任务。"

副官说："还剩下不到十分钟了。共军的联络官就在门外。"

刘义听了以后，瘫坐在沙发上，这时副官又对刘义说："副司令，现在起义还来得及。"刘义认真地考虑了一下，对副官说道："我们起义！"三连长作为我军的联络官来到刘义的司令部，在还剩最后不到十分钟的时候，刘义终于宣布起义，在一起义命令书上签了字。

☆三连长作为我军的联络官来到刘义司令部，在还剩最后10分钟的时候，刘义终于宣布起义，在起义命令书上签了字。

正在这时，有人喊道："邵军长到！"

邵庄气冲冲地闯了进来，用手杖指着刘义大声地吼叫着："刘义，你这个党国的败类，为什么停火？为什么停火？"

邵庄一看是解放军，他什么都明白了，吓得他直往后退，跌坐了椅子上。突然他拔出手枪，将枪口对准了自己的脑袋，大吼道："我邵庄决不做党国的叛徒！"

三连长从后面走了出来，义正词严地对邵庄说："请你安静点！"

小罗从后边大喊一声："别动！"抬手缴获了他的枪。

☆这时，邵庄气冲冲地闯了进来，用手杖指着刘义大声的吼叫着："刘义，你这个党国的败类，为什么停火？为什么停火？"

☆三连长从后面走过来，义正言辞地对邵庄说："请你安静点！"

☆邵庄一看是解放军，他什么都明白了，吓得他直往后退，突然他拔
  出手枪，将枪口对准自己的脑袋，大吼着："我邵庄决不做党国的叛
  逆!"小罗从后边大喊一声："别动!"抬手缴了他的枪，邵庄战战兢
  兢地瘫坐在了椅子上。

☆三连长走到刘义跟前，对刘义说："刘副司令，请给部队下命令吧。"
  刘义站起身，整了整衣领，点了一下头，用微微颤抖的手拿起了电
  话话筒。

邵庄战战兢兢地瘫坐在了椅子上。

小罗看着邵庄说:"你别装蒜了,省下你这颗子弹吧!"

"小罗!把他送到战犯营去!"三连长平静地走到刘义跟前,对刘义说:"刘副司令,请给部队下命令吧。"

刘义站起身,整了整衣服的领子,点了一下头,用微微颤抖的手拿起了电话话筒。

第十三章

上海胜利获解放

苏州河北岸的碉堡上、坦克上、大楼的各窗口挂起了用白纸、手绢、被单等做成的白旗，刘义的部队群集在河岸，武器堆满地，有的把枪一扔："解放啦！"

　　苏州河两岸的部队胜利会师了，上海终于彻底解放了，战士们挥舞着红旗，欢呼雀跃，庆祝着胜利。

　　在美国的领事馆，领事看着外面大街上欢呼雀跃的民众，愤怒地将窗户关上了，气呼呼地来到了办公桌子前。屋里有一帮人员在收拾着东西，整个地上乱七八糟的。

　　警察局长屠森低垂着他的头，自言自语地说："真没想到，这场战争结束的这么快。"

　☆敌人投降了，苏州河两岸的部队胜利会师了，上海终于彻底解
　　放了，战士们挥舞着红旗，欢呼雀跃，庆祝着胜利。

☆在美国领事馆，警察局长屠森低垂着他的头，自语道："真没
想到，这场战争结束的这样快。"

美国领事听到屠森的话大声吼道："不！共产党一天不从地球上
消灭，我们就一天不停止战争。"说完，他对屠森说："你先去休息
一下。"

☆美国领事听到屠森的话大声吼道："不！共产党一天不从地球
上消灭，我们就一天不停止战争。"说完他对屠森说："你先去
休息一下。"屠森鞠了一躬退了下去。

屠森鞠了一躬退了出去。

正在这时，领事馆人员来报告说："华盛顿来电，命令舰队撤至公海。"

领事一听气得大叫起来："给我滚！给我滚！都给我滚！"他把屋里的人都赶了出去。他在屋里走来走去，嘴里不停地念叨着："撤至公海，撤至公海。"他看到桌子上那尊财神的塑像，一拳下去将它击碎了。

☆这时，领事馆人员来报告说："华盛顿来电，命令舰队撤至公海。"领事一听气得大叫："给我滚！给我滚！都给我滚！"他把屋里的人都赶了出去。他在屋里走来走去，嘴里不停的念叨着："撤至公海，撤至公海。"他看到桌上那尊财神的塑像，一拳将它击碎了。

人民解放大军排着整齐的队伍浩浩荡荡地开进了上海，大街上锣鼓喧天，鞭炮齐鸣，街道两边挤满了欢迎解放军进城的人群。

人们扭着秧歌，打着腰鼓，挥舞着红旗和鲜花，叫着，跳着，高喊着："庆祝上海解放！毛主席万岁！共产党万岁！欢迎解放军！"上海到处是一片欢乐的海洋。

赵永生和小罗搀扶着英雄的赵妈妈缓缓地走过来，方军长、政委、老杨他们跟在后面。赵妈妈手里捧着鲜花，高兴地对大家说："我们胜利了，多少人的鲜血才换来了今天哪。"

☆人民解放大军排着整齐的队伍浩浩荡荡地开进了上海,大街上锣鼓喧天,鞭炮齐鸣,街道两边挤满了欢迎解放军进城的人群。

☆人们扭起秧歌,打着腰鼓,挥舞着红旗和鲜花,叫着,跳着,高喊着:"庆祝上海解放!毛主席万岁!共产党万岁!欢迎解放军!"上海到处是一片欢乐的海洋。

政委万分感慨地说:"我们胜利了,这座英雄的城市,近百年来忍受了多少苦难和屈辱,今天,终于摆脱了奴隶的枷锁,站起来了。"

☆赵永生和小罗搀扶着英雄的赵妈妈缓缓地走过来，方军长、政委、老杨他们跟在后面。赵妈妈手里捧着鲜花，高兴地对大家说："我们胜利了，多少人的鲜血才换来了今天那。"

☆政委万分感慨地说："我们胜利了，这座英雄的城市，近百年来忍受了多少苦难和屈辱，今天，终于摆脱了奴隶的枷锁，站起来了。"

　　方军长接着说："上海的解放标志着帝国主义侵略势力在中国的彻底灭亡，标志着中国人民永远获得了独立解放，让那些战争贩子们在强大的中国人民面前发抖吧！"

☆方军长接着说："上海的解放标志着帝国主义侵略势力在中国的彻底
灭亡，标志着中国人民永远获得了独立解放，让那些战争贩子们在
强大的中国人民面前发抖吧！"

☆鲜艳的五星红旗在上海高高飘扬。

鲜艳的五星红旗在上海高高飘扬。

电影传奇

军事顾问车吉林小传

车吉林（1922—1990），汉族，1922 年 1 月出生于荣成市荫子镇西板石村，1940 年 2 月入伍，1941 年 3 月加入中国共产党，曾任江苏省军区司令部参谋长。

抗日战争时期，车吉林任胶东区东海军分区独立 5 营 1 连战士，1941 年 6 月任山东纵队第 5 支队 2 团通信班副班长、班长，1942 年 12 月任胶东军区 17 团 3 营 7 连副排长。1943 年 7 月任胶东军区北海军分区独立团 2 营 4 连排长、副指导员、副连长。他参加了文登青石岭、蓬莱五甲、上营等战斗。

解放战争时期，车吉林任胶东军区北海军分区独立团 2 营 4 连连长。1946 年 7 月，他任北海军分区独立 2 团 1 营副营长、营长。1947 年 2 月，车吉林任胶东军区司令部作战参谋，4 月任华东野战军第九纵队司令部作战参谋。1948 年 6 月，任 27 师 79 团 1 营营长。1949 年 9 月，任 81 师 242 团参谋长。在此期间，他参加了胶高即、周村、潍县、济南、淮海、上海等战役战斗。

中华人民共和国成立后，车吉林任 27 军教导团 1 营营长。1951 年 3 月，任中国人民志愿军 27 军司令部作战科副科长、科长，参加了抗美援朝第二、五次战役和金城防御作战。1953 年 8 月，他任 27 军司令部作训处副处长。1954 年 4 月任 80 师 239 团团长。1956 年 3 月，任 80 师副师长、参谋长。1961 年 3 月，任 27 军炮兵副司令员。1963 年 2 月，任西藏军区司令部作战部副部长，1965 年 2 月起任江苏省徐州军分区、南通军分区、淮阴军分区副司令员。1971 年 8 月起，任淮阴军分区、苏州军分区司令员。1981 年 2 月，任江苏省军区司令部参谋长。

车吉林 1955 年被授予中校军衔，1962 年晋升为上校军衔，曾荣获三级独立自由勋章，共和国三级解放勋章和解放军独立功勋荣誉章。

主演丁尼小传

丁尼（1930—），著名演员，原名孙昌群，1930 年 3 月生于沈阳。丁尼从学生时代起就酷爱戏剧，18 岁时便在学校导演了剧作家熊佛西的独幕话剧《醉了》。

正式与戏剧结缘的丁尼，从一名演员开始，在三十年的演艺生涯中塑造了 20 多个角色，其中有《春风吹到诺敏河》里的孙守山，《家》中的觉新，《渔人之家》的维希普。

丁尼在前线话剧团，演出了十几个大戏，参加第一届话剧会演，荣获演员二等奖。紧接着参加了八一电影制片厂的电影《战上海》和上影《霓虹灯下的哨兵》的拍摄。

1963 年应该是丁尼最辉煌的一年。1963 年春天，他参加了《霓虹灯下的哨兵》到北京的汇报演出，受到中央领导的接见，并出席了周恩来总理的家宴。他亲自向总理敬了酒，还合了影。当年秋天，又参加了特为毛泽东主席的演出，受到接见，还和毛主席握了手，留下了珍贵的握手照。

1970 年秋，丁尼夫妇从干校离休回到济南。作为一个党培养了多年的文艺工作者，丁尼在余生之年，尽力为社会主义文艺事业多做一点有益的事情。多年来，他先后又参加拍摄了《奴隶的女儿》《我的十个同学》《在旋涡中》《千虑一得》《小雷和小锋》和《末代皇帝》等十几部电影和电视剧。

主演王润身小传

王润身（1924—2007），中国著名电影表演艺术家、中国电影表演艺术学会名誉理事、第八届电影表演艺术学会奖特别荣誉奖获得者；河北雄县人；1947年加入冀中军区第10军分区"北进"文工队，1949年调河北军区文工团，1952年调华北军区文工团，1955年调入沈阳军区抗敌话剧团，1956年调入八一电影制片厂，先后在《激战前夜》、《长空比翼》、《战上海》、《回民支队》等影片中扮演了主要角色。

王润身参与的电影

主演胡晓光小传

胡晓光（1924—），八一电影制片厂演员。1924年出生于哈尔滨市，毕业于吉林师范学校。

胡晓光从1940年开始在东北地区从事戏剧活动，1948年参军进入辽东军区文工团，一年后调入广州军区战士话剧团。这一时期，他参加了大小几十部舞台剧的演出，如在《李闯王》中饰演李闯王，在《莫斯科曙光》中饰演安冬，在《玛申卡》中饰演老教练，在《保卫和平》中饰演军政委等。在新中国成立初期长影故事片《人民战士》中饰演了王政委。

1958年，他调入八一厂演员剧团，多年来陆续参加拍摄的影视片有《打击侵略者》（饰军政委）、《县委书记》（饰县委书记）、《战上海》（饰党代表林凡）、《怒潮》（饰王特派员）、《破除迷信》（饰医生）、《碧空雄师》（饰指导员）、《通天塔》（饰何部长）、《道是无情胜有情》（饰魏部长）、《风雨阳关道》（饰老书记）、《风雨下钟山》（饰民主人士）等近三十部，此外还参加过《比翼齐飞》、《淮海大战》等剧目的演出。电视剧《道是无情胜有情》曾获"飞天奖"二等奖。现为中国电影家协会会员。

胡晓光参与的电影

主演张良小传

　　张良（1933—），国家一级导演。原名张庆铸。1933 年出生于辽宁本溪。1948 年参加中国人民解放军，任卫士剧团演员。1949 年随部队至北京，在卫戍师宣传队任演员。1950 年参加中国人民志愿军，在朝鲜前线战地宣传队任演员。1952 年后任华北军区文工团话剧团、沈阳军区抗敌话剧团演员。

　　1957 年，主演《董存瑞》，1959 年起任八一电影制片厂演员，参演《战上海》、《林海雪原》、《三八线上》、《碧空雄师》、《哥俩好》等影片。影片《董存瑞》在 1957 年于文化部 1949—1955 年优秀影片评奖中获个人一等奖。1956 年在话剧《战斗里成长》中饰演角色，在第一届全国话剧会演中获文化部优秀演员三等奖。1962 年主演影片《哥俩好》，获第二届电影百花奖最佳男演员奖。1963 年，主演《哥俩好》，获第二届"百花奖"最佳男演员奖。1984 年，执导《雅马哈鱼档》，获文化部优秀影片二等奖；中国电影金鸡奖最佳美术奖。1985 年，编剧、执导《少年犯》，获广电部优秀影片奖。"文化大革命"后任珠江电影制片厂导演。是中国影协第四、五届理事。

　　1972 年，张良调珠江电影制片厂，在主演了影片《斗鲨》后改任导演。他执导的《梅花巾》于 1983 年获第七届开罗国际电影节荣誉奖；《雅马哈鱼档》获文化部 1984 年优秀影片奖；《少年犯》于 1986 年获第九届电影百花奖最佳影片奖、广播电影电视部 1985 年优秀影片奖；《特区打工妹》获广播电影电视部 1989—1990 年优秀影片奖。

　　1992 年享受国务院政府特殊津贴。2005 年国家隆重纪念中国电影百年系列活动中，被国家人事部、广播电影电视总局授予"国家有突出贡献电影艺术家"荣誉称号（全国 50 名）。2010 年获广东省首届文艺终身成就奖。

张良参与的电影

《董存瑞》 ································· 1957 年

《战上海》 ································· 1959 年

《三八线上》 ······························ 1960 年

《林海雪原》 ······························ 1960 年

《碧空雄师》 ······························ 1961 年

《革命家庭》 ······························ 1961 年

《哥俩好》 ································· 1962 年

《家庭问题》 ······························ 1964 年

《斗鲨》 ··································· 1978 年

《挺进中原》 ······························ 1979 年

《梅花巾》 ································· 1980 年

《回头一笑》 ······························ 1981 年

《雅马哈鱼档》 ··························· 1984 年

《少年犯》 ································· 1985 年

《破烂王》 ································· 1987 年

《逃港者》 ································· 1987 年

《特区打工妹》 ··························· 1990 年

《龙出海》 ································· 1992 年

《白粉妹》 ································· 1995 年

主演刘季云小传

　　刘季云原名刘恩绵，八一电影制片厂演员。1910 年 6 月 12 日生于北京一个普通家庭，自幼喜爱文艺，从小随姨父著名京剧演员龚云甫学习老旦，后来又拜文亮臣为师，在传统艺术中得到熏陶。1938 年参加八路军，并参加著名的上党战役，以后于 1945 年加入中国共产党。在艰苦的战斗岁月里，他思想成长很快，尤其是艺术实践，使他积累了较丰富的素材和创作经验。

　　新中国成立后，1951 年刘季云被调至西南军区战斗文工团任演员。1953 年调至北京，在总政文工团话剧团任演员。在此期间，曾在《第二次攻击》等剧中饰演角色。1955 年授中校军衔，1956 年被借用至八一厂参加影片《冲破黎明前的黑暗》的拍摄。以及次年拍摄的影片《五更寒》。由于他将革命老人塑造得真实，自然，在 1957 年被正式调至八一厂演员剧团工作。在这一时期，他拍摄了多部影片。例如：《英雄虎胆》、《林海雪原》等影片。在国庆十周年献礼片《战上海》中，刘季云扮演国民党中将刘义，他将刘义将军起义时复杂的心态在大银幕上展现了出来。即表现了主人公深明大义率部起义的光明态度，又将其顾虑重重老谋深算的形象极细致的表演了出来，因此，受到广大观众的好评。

刘季云参与的电影

电影背后的故事

1. 历史上的"战上海"

长江防线全线失败，蒋介石再也按捺不住了，他把电报往地上一扔，气急败坏地骂道："娘希匹！敌军、敌军，汤恩伯是谁家的司令，是国军司令还是敌军司令？为什么只报敌军进攻不见国军抵抗？嗯？"他对俞济时说："走，'泰康号'准备。"蒋介石要亲自到上海部署淞沪决战。

防守淞沪的国民党部队有罗泽闿三十七军，刘玉章五十二军，吴仲直七十五军，王克俊二十一军，顾锡九一二三军，阙汉骞五十四军，舒荣十二军，王秉钺五十一军等部，共23个正规师72个团，加上巡警、保安部队，总兵力25万。

淞沪地区三面环海一面临湖，河道纵横，水网交错，多年来借地势筑工事，形成完整的防御体系。解放军若从东北方向来，吴淞要塞不仅锁住长江口，而且控制宝山、嘉定、太仓、昆山诸点，使其不得过。解放军若从西南方向来，有三道外围防线使其难以接近市区。倘若解放军从东北方向闯过吴淞要塞封锁线，或从西南突破三道外围防线，要想接近市区也是极端困难的，因为后面还有更为严密的市区防御体系。市区防御体系由外围阵地、主阵地、核心阵地三层构成。

蒋介石到上海后召见汤恩伯、上海警备司令陈大庆、上海防守司令石觉。他把淞沪布防看作斯大林格勒，要大家坚持，等待第三次世界大战。自己也表示愿与党国共存亡。

上海是中国最大的工商业中心。为达到既歼灭敌军又能完整接管的目的，中共中央极力争取和平解决，主张先取杭州，稳住上海等外围军队，待南京国民党军撤走后迫其起义或投降，和平接收。5月3日杭州解放。中共中央军委致电总前委，指示上海在5月10日以前确定不要去占，以便有10天时间做准备工作。10日后，假如汤恩伯退走即去占领，不走即拖上十天半个月或20天或一个月再去占领。5月7日，粟裕等向中共中央军委报告：为断国民党军退路，拟以第二十九军攻占吴淞、宝山，以第三十军攻占嘉兴、平湖、金山卫一线，预计12、13日发起攻击。

战斗于5月12日打响，光是外围争夺就进行了几昼夜。

上海之战外围争夺十分激烈，逼近市区就越打越忙了。到5月20日，几昼夜之间，解放军前进200里，夺几县城，南北两路进攻部队分别经由杨泾、尹桥、虹桥、龙华路、徐家汇、梵王渡、万国公墓、中山西路、沪杭路，逼进主阵地，钳制了吴淞要塞。

蒋介石原以为淞沪之战一打响，美国便不会再袖手旁观了。然则几昼夜的殊死战斗过去了，外围阵地尽失，美国那边仍无动静。宋美龄从华盛顿传到溪口的信息越来越令人失望，不但国会不同意"继续卷入"，连"院外援华集团"也灰溜溜地躲到一边很少露面了。当此危急之秋，蒋介石要夫人尽最后努力，并做出准确判断肯定答复，时间不允许再拖了。宋美龄回答说："最后努力已经尽过多次了，华盛顿拒绝考虑我们的任何意见。他们不会为上海之弃守而操心了。现在能够为之操心的唯有我们自己。愿上帝保佑。"

"出卖！出卖！我早晓得这个朋友是靠不住的。"蒋介石大失所望，向俞济时说，"淞沪决战已经没有意义了。"

俞济时大为震惊，所谓没有意义即是准备放弃淞沪，对俞来说，这简直难以想象。俞济时不甘心："三道外围防线丢了还有三道市区防线，外围打得那么好，共军是承受不起继续消耗下去的。"

"即使能打上三个月甚至半年，孤单的一个上海，又有什么作为呢。共军经受不起消耗，我们更经受不起。留下这20万精锐种子，开到台湾去繁衍生息。来日方长，退为上策。"

　　5月21日汤恩伯报告："对外航空中断、国际电台停机，敌军远程炮试图封锁海道。"蒋介石终于正式下令放弃淞沪，对汤恩伯说："你第一阶段任务完成出色，对党国有功。因情势变化，即刻作战略撤退，把20万精锐带到台湾便是一大功勋。"

　　尽管汤恩伯在下令撤出南京的时候便已有了撤离上海的准备，可船少人多，还是得边打边撤。边打边撤，首先碰到的是谁打谁撤，哪个先撤哪个后撤。国民党内部一遇到这类问题，门阀派系这个毒瘤就要发作了。

　　自家先乱，无心拒敌，解放军趁便逼近核心阵地，撤退工作一发乱得不可收拾。通往码头的道路全部堵塞。码头上更是混乱不堪，该登舰的部队尚未到，不该登舰的部队先上去了；应予保障的战斗人员还在整装待命，不该离开原地的后勤分队非战斗人员捷足先登了；不准一个眷属登舰，却有许多太太穿上校尉军装大模大样地上去了。有的舰船不待满员慌忙开走，有的舰船已经超载还在继续上人。有的舰船刚一起锚便翻沉港口，有的舰船开到外海才发觉燃料不足，又掉头回来添煤……

　　淞沪大撤退从5月22日开始，解放军的最后总攻击于20日发动，25日在市中心跑马厅会师。当晚，在通明的路灯照耀下插进国民党残存不多的几个阵地，同时打进吴淞要塞。

　　5月26日，掩护撤退的总指挥刘义昌在苏州河畔的一座楼里接受解放军条件，下令缴械。

　　蒋介石的淞沪决战草草收场，汤恩伯的第二阶段任务也告完成，20万官兵只有4万运到台湾。6月1日，解放军第二十五军由吴淞起渡，登上崇明岛，国民党军队3700余人投降。2日，解放全岛，上海战役结束。